アラビアン・ロマンス

～摩天楼の花嫁～

ゆりの菜櫻

white heart

目次

イラストレーション／兼守美行《かねもりみゆき》

アラビアン・ロマンス

～摩天楼の花嫁～

◆ I ◆

ニューヨークは自分がとても小さな存在であることを知らしめる巨大な摩天楼だ。

夜空を見上げれば、日本では考えられないほどの高さを誇る高層ビル群の合間から、やっと星が見えるが、それも街の灯《あか》りで消え入り、不確かなものでしかなかった。

まるで無機質なジャングルである。誰かがいるようで、実は誰もいない。そんな場所で甘利直哉《あまりなおや》は戦いを挑んでいた。

一人――――。

どこにいても孤独は感じるものだが、ここニューヨークはそれをとても強く感じる。時々押《お》し潰《つぶ》されそうになるほどに。

直哉は姿勢を正し、目の前のホテルへと視線を移した。

立地のいいその高級ホテルは、ニューヨークでもかなりの老舗《しにせ》で、その宿泊料も高額なものであるが、直哉を呼び出したその男は、そんなホテルのロイヤルスイートルームを年間通して貸し切っているほどの資産家でもある。

「行くか……」

直哉はしばらくの間、そのホテルを見上げた後、己《おのれ》を鼓舞するように腹に力を入れて、一歩前へと足を進めた。


「直哉様、お待ちしておりました」

「こんばんは、サリードさん」

ロイヤルスイートルームに直結したエレベーターから降りると、すぐ目の前に仕立ての良《い》いスーツに身を包んだアラブ系の男が立っていた。この部屋の主《あるじ》の側近だ。

「主がお待ちです」

サリードは一礼し、大きな両開きのドアを押し開ける。目の前に大理石が敷き詰められた美しいエントランスホールが現れた。とてもホテルの一室には思えない。まるで貴族の屋敷にでも来たかのような、広い空間を使ったバロック調のホールである。

何度来ても慣れない豪華さに気後れしつつも、それをおくびにも出さず、直哉はホールを突き進み、リビングへと向かった。

リビングは更に広く、正面の壁一面が嵌《は》め殺《ごろ》し窓になっており、眼下には昼間であれば清々《すがすが》しい緑に包まれるが、今は鬱蒼《うっそう》と茂った森、セントラルパークと、その森の向こう側の夜空に輝く摩天楼が広がっていた。

白と金で統一された豪奢《ごうしゃ》なリビングは、有名なデザイナーが手掛けたものらしいが、ここを常に貸し切っているファルラーンの意見が取り入れられて改装されたとのことだ。

そんな洗練された空間で、大きな花柄のゴブラン織《おり》のカウチにゆったりと座っている男が、直哉がリビングに入ると、タブレットから顔を上げた。

ファルラーン・アッブード・ビン・モフセン・ハディル。このロイヤルスイートルームの主である。

一つに纏《まと》められた漆黒の少し癖のある髪に、アラブ系特有の褐色の肌に覆われた彫りの深い顔。キリリとした双眸《そうぼう》は鋭くもあるが、普段は甘い雰囲気を醸し出し、多くの人間を虜《とりこ》にしている代物だ。四肢も長く、適度に鍛えられているだろう張りのある躰《からだ》に、普通ではとても手に入らないような高級老舗のスーツを難なく着こなしている。

仕事柄、見目のいい男女を数多く見ている直哉でも、彼の男ぶりには目を瞠《みは》るものがあった。

現在三十四歳の起業家で、このホテル暮らしから察するに、かなりの資産家であることには間違いないが、直哉は彼のことをあまり知らない。知らないことで一線を引いていた。

「遅かったな」

彼が長い脚を持て余したかのように組み替える。まるでしなやかな豹《ひょう》のように優雅な動作であるが、見掛けに反してこの男が獰猛《どうもう》であることは、既にベッドの上で学習済みだ。

彼に見惚《みと》れていたことを気取られないように、直哉は努めて何でもないように口を開いた。

「ファルラーン、急に呼び出しなんて、どうしたんですか？　今週は仕事が密に入ったから僕は忙しいって、先週に伝えておいたじゃないですか」

「そうだったか？」

ファルラーンは大して気に留めることなく、片肘《かたひじ》をついて、直哉を見上げてきた。そんな仕草一つにも無駄に男の色香を振《ふ》り撒《ま》く彼に、直哉は小さく溜《た》め息《いき》を吐く。

「まったく……、僕のことはいい加減なんだから。愛人としては失格ですよ」

「ほぉ、愛人失格とはな、それは困るな」

彼がくすりと笑う。

「……困らないくせに、すぐにそんなことを言う。だからあなたは誑《たら》しなんです」

直哉はそう言いながらもファルラーンの隣へ少々乱暴に座った。

「直哉、私は別にお前のことをいい加減に扱っているつもりはないが？　会いたいと思ったから会いたいと言っただけだ」

「だからそういうところが……はぁ、もういいです。あなたはそういうところがあなたらしいって思い出しました」

「それは結構」

彼の唇が直哉の目尻《めじり》に触れた。柔らかい感触に直哉の躰の芯《しん》が甘く震える。

「……あなたは仕事を終えたのですか？」

「ああ、お前が来たら、どんな仕事も終わらせるさ」

彼の整えられた指先が直哉の顎《あご》に触れ、顔を上に向けさせられる。目が合ったと思った途端、彼の唇が直哉の唇を塞《ふさ》いだ。

好き――。

思わず感情が心の蓋《ふた》をこじ開けて湧《わ》き上《あ》がる。

でも僕たちは躰に心が伴わない愛人関係……。

直哉は己の感情をその身に閉じ込め、そっと目を閉じた。

＊＊＊

「んっ……」

意識が覚醒《かくせい》するのと同時に、頰《ほお》に質のいいリネンのシーツが触れているのに気づく。

ここは……。

一瞬、自分の居場所がわからなくなったが、何重にも覆う幕を目にし、ここが天蓋付《てんがいつ》きのベッド、ファルラーンの寝室であることを思い出す。

「あ……」

嗄《か》れた声が出る。昨夜も自分でも信じられないほど喘《あえ》がされ、淫《みだ》らな夜を過ごした。ふと隣を見ると、ファルラーンの姿がなかった。彼が寝ていたであろう場所に手を伸ばしても、その体温は残っていない。

ファルラーン……？

直哉がゆっくりと躰をベッドから起き上がらせると、いきなり幕の向こうから声が掛かった。

「おはようございます。直哉様」

サリードだ。直哉が起きるのを待っていたのだろう。直哉は慌ててデュベを引き寄せ、何も着ていない躰を隠した。

ファルラーンと愛人関係を結んで半年。今まで一度もこの幕をサリードに捲《めく》られたことはないが、念には念を入れて、だ。

「申し訳ございませんが、主は只今《ただいま》来客中です。直哉様がお目覚めになり次第、着替えとお食事をご用意するよう承っておりますが、お持ちしてもよろしいでしょうか？」

「着替えは昨日僕が着ていた服でいいです。持ってきてくれますか？」

「どちらのものか私にはわかりかねますので、主が用意した服をお持ちいたします。その間にシャワーをお使いくださいませ」

忠実な側近にきっちりと断られた。実はファルラーンはいつも着替えと称し、直哉にかなり値の張る服をプレゼントしてくれる。確かに愛人なのだから、服くらいありがたくいただいてもいいのだが、直哉の根っからの生真面目《きまじめ》さと、服の値段が見過ごすことができないほど高額なのもあり、できれば毎回はやめてもらいたいと願っていた。

直哉はサリードの気配が消えたのを確認し、天蓋付きのベッドから抜け出した。この王侯貴族さながらのベッドは、直哉が使用人に素肌を見せるのを嫌ったせいで、ファルラーンが新しく購入したものだ。

ホテルのベッドを勝手に替えるということに驚きを隠せなかったが、ファルラーンクラスの人間には、大したことではないらしい。お陰で直哉もこの仰々しいベッドで寝ることになった。

寝室に隣接しているバスルームに行くと、既にバスタブに湯が張ってあった。これも直哉が日本人だからと使用人が気を利かせ、もしかしたらファルラーンが指示しているのかもしれないが、ここに泊まった翌朝に必ず準備をしてくれているのだ。

「はぁ……」

湯船につかると思わず声が出てしまった。直哉ももう二十九歳だ。湯船に入る気持ち良さを知ってしまう年頃である。

バスルームの窓から見える景色は、リビングのパークビューとは違い、シティビューとなる。多くのニューヨーカーが出勤で急ぐストリートを天空から悠長に眺める自分の現在の状況が少しおかしくなる。半年前まではこんな高級なホテルで朝風呂《あさぶろ》にゆったりと入る人生に遭遇するなんて、まったく思いも寄らなかった。

直哉は俳優の卵だ。だが来年、三十歳になるという節目を迎えるのと、もうすぐアーティストビザが切れるのだが、更新できるかどうかわからないというのもあり、人生の転換をすべきか悩んでいる。

日本では雑誌のモデルをし、バラエティ番組などにも出演したりしていた。線が細く中性的なイメージの直哉は、王子様みたいと、アイドルのようにもてはやされていたが、昔から憧《あこが》れていたブロードウェイの舞台に立ちたくて、日本での芸能活動を休止し、単身ニューヨークへやってきて四年になる。

単発の仕事をしながら、オーディションを受け続け暮らしている。もちろん生活はカツカツだ。

二十九歳。このままうだつの上がらない俳優の卵を続けるのか、もう舞台俳優を諦《あきら》めて、日本へ戻って芸能活動を再開するか、またはそれが上手《うま》くいかなかった場合は、安定した収入が得られる仕事に就くべきなのか、そろそろはっきりさせなければならない年齢になっていた。

だがそれでも、ここニューヨークならやっていけるかもしれないという夢が捨てきれないでいた。

日本では年齢が邪魔をしてやりたいことができない風潮があるが、ニューヨークでは、中年になっても俳優を諦めない人間が大勢おり、そして小劇場ではあっても舞台に立つことができた。

彼らの多くは俳優としての収入では生活ができず、幾つもバイトを掛け持ちしている『スタービングアクター』ではあるが、それでも俳優という人生を、誇りを持って歩むことができている。夢を叶《かな》え続けているのだ。

日本にいた時の事務所のツテで、運よくビザも取れてアメリカのエージェントと契約ができたので、舞台俳優に限らず、やれる仕事は全部受けている。ほとんどは雑誌スチールのその他大勢のモデルの一人という仕事で占められているが。

昨今アジア人がブームということもあり、西洋人に比べ身長の低い直哉でもどうにかモデルの仕事が貰《もら》えるのだ。だが、エージェントから切られるのも時間の問題かもしれない。

「はぁ……もう、堅実に働いたほうがいいのかなぁ……」

朝日が差し込む明るいバスルームには不似合いな暗い声で、自分でも嫌になる。アメリカまで来た理由が少しずつ消えていくのを肌で感じ、胸が締め付けられた。

そういえば、ファルラーンは結婚をさせられるから祖国には戻らないって言っていたよな……。

自分と愛人関係を結ぶ男のことを想《おも》う。アメリカに来た理由は違うが、彼もまたここで生きることを選んだ人間の一人だった。

彼は元々ゲイなのに、祖国、デルアン王国で何度も女性との結婚を勧められ、嫌気が差してアメリカへやってきたと聞いている。

そんな彼と直哉が出会ったのは運命なのか、偶然なのか。

初めてファルラーンと会ったのは半年前。直哉が結婚まで考えていた恋人に振られ、バーで飲んでいた時に、彼に声を掛けられたのがきっかけだった。

◆
Ⅱ
◆

初めてファルラーンに出会ったのは半年前だった。直哉《なおや》にとって、それまでのアイデンティティがひっくり返る運命的な出会いだった——。

その日直哉は、結婚をしようと思っていた彼女、ケイトに振られ、ホテルのラウンジバーで一人飲んでいた。ここで彼女とロマンチックに夜景を見ようと思っていたのだが、人生そう上手《うま》くいくものではない。

夜景を見ながら酒を飲めるようにセッティングしてあるスツールで、直哉は大きく溜《た》め息《いき》を吐いた。

先ほどまでムードを盛り上げていたジャズのＢＧＭが、今は心を抉《えぐ》ってくる悲しみの曲に聞こえてくる。耳を傾ければどんどんと心が落ち込んでいった。

彼女とは二年程付き合い、それなりにデートも重ねてきた。不規則な仕事ではあったが、できるだけ週末は彼女と一緒に過ごし、電話やＳＮＳもマメにした。彼女の家族行事や友人との付き合いにも参加し、アメリカでいうステディな関係になっていたはずだっ

「直哉、もし私と結婚するつもりなら、今の仕事を辞めて、安定した仕事を探しているって思っていいってことよね？」

柔らかな亜麻色の髪をしたケイトが、呆《あき》れたような声で質問してきた。

「安定した仕事……？」

「まさか、今みたいな不安定な収入で私と結婚しようなんて思っていないわよね？」

デートで会うたびに、ブロードウェイで俳優になれるよう頑張ってね、と応援をしてくれていた彼女とは思えない言葉だった。

「もしかして私が応援しているって思ってた？」

「あ……ああ、だって、君はいつも頑張れって言ってくれたじゃないか」

「あんなの社交辞令よ。それに友人ならそれでもいいけど、いざ結婚して夫の収入がそんなんじゃ結婚生活もすぐに破綻《はたん》するわ」

友人――――。セックスもしたし、ケイトの家族とも仲良く付き合っていたのに、恋人ではなく友人という枠で片づけられ、少なからずショックを覚えた。

「直哉、あなたは日本でモデルをやっていただけあって顔も綺麗《きれい》だし、隣を歩くのは楽しかったわ。でも結婚はそうじゃないの。そんな夢みたいなことで結婚はできない」

夢じゃない。自分は真剣にケイトのことを考えていた。そのため稽古の合間に、単発の仕事をできるだけ引き受け、少しでも収入を増やそうと努力をしていた。

「直哉、このニューヨークでそれなりの生活レベルで生きていこうと思ったら無理よ。私、ニューヨークで一生生きていこうって思っているから、あなたじゃ無理。私、私の夢を叶《かな》えてくれる人としか結婚はしないわ」

ケイトはスツールから立ち上がると、直哉に笑みを向けた。

「ここまでにしましょう。私たち、進むべき人生が違うと思うの。もっと軽いお付き合いをしたかったわ。じゃあ、直哉、これからもお仕事、頑張ってね」

ケイトはそのまま颯爽《さっそう》とバーを立ち去ってしまった。直哉は放心状態で、ただただ彼女の後ろ姿を見送ることしかできなかった。

軽いお付き合い――。

日本とアメリカの決定的な違いかもしれない。アメリカでは、ステディな関係になると面倒な責任や義務がついて回った。相手の家族や友人へのサービスもその一つだ。そういうのを面倒臭がって、軽いデートや、セックスができる関係だけを欲しがり、デート友達のようなものを一人ではなく複数持っている人間が大勢いる。

ケイトもそういう人間の一人だったのかもしれない。そうじゃないと思っていたけれど。

直哉はようやく自分の状況を把握することができ、力なくカウンターへとうつ伏した。

「莫迦《ばか》だな……僕は」

頑張って買った指輪も、スーツの内ポケットからとうとう出すことがなかった。直哉は取《と》り敢《あ》えず平静を取り戻そうと、目の前の飲み掛けのカクテルに手を伸ばした。

それからどれくらい経《た》っただろうか。一時間は経っていないかもしれない。カクテルを数杯飲み、どうにか席を立つ気力が戻ってきた直哉は、チェックをしようと、スタッフに目を遣《や》った。

するといきなり肩に誰かが手を置いた。驚いて振り向くと、そこにはラウンジの落とした照明にも映える色香を纏《まと》った男が立っていた。思わず見惚《みと》れそうになるほどだ。

誰――――？

どこかで会ったことがあっただろうかと、記憶を探るが、こんな美丈夫《びじょうふ》、一度見たことがあれば、絶対覚えているはずだ。初対面だろうか。そう考えていると、男はそっと笑みを零《こぼ》した。

「少し驚かせてしまったかな？」

かなり身なりの良《い》いアラブ系の男である。これでも芸能界の端くれで一応生きているので、服への目利きはあるほうだ。男の着ている三《み》つ揃《ぞろ》いのスーツの仕立てから見ても、一流の老舗《しにせ》のものであることはすぐにわかった。

「あ、いえ……」

「君のような美しい男から指輪を貰《もら》い損ねたとは、残念な女だな」

「え……？」

「失礼、先ほど、つい話が聞こえてきてしまってね。それからずっと君を見ていた。少し、いいだろうか？」

先ほど……。一時間くらい前からこの男は自分を見ていたというのだろうか？

呆気《あっけ》にとられていると、男は直哉の返事を聞く前に、隣のスツールへと腰掛けた。脚が長い。

「あの……あなたは……」

「ファルラーンでいい。私も君の名前を知らないから教えてもらってもいいだろうか？」

「あ……えっと……直哉です」

「いい響きだな。日本人か？」

「え……ええ」

どこまで個人情報を口にしたらいいかわからず、つい警戒してしまう。そんな直哉を優しい双眸《そうぼう》で男が見つめてきた。

「アメリカは結婚に値する相手、いや、まず関係が恋人かどうかから見極める線引きが実に曖昧《あいまい》で、我々外国人にはわかりにくいところであるな」

その通りだ。日本だと『付き合ってください』と宣言して恋人になることが多いが、ここアメリカでは、まず前もって告白など滅多にしない。代わりに駆け引きが生まれ、次第に友人や家族を巻き込んでの行事が始まる。それをクリアできるか否かで関係を先に進めるかどうかが決まるのだ。しかもそれと同時に相手の結婚願望の有無まで見極めなければならない。そして自然と恋人、更にステディな関係になっていく。お互い感情の読み違いがなければ、だが――、

直哉は読み違え、ケイトとステディな関係だと思っていたのだが、彼女は違ったということだ。

「先ほどの女のように軽い関係しか望んでいない相手も多いからな。一つでも読み間違えれば交渉は決裂だ。女は現実的で容赦ない。そんなものに巻き込まれたとは、君もまったく気の毒だ」

「あの……あまりその話は……」

「ああ、すまない。そうだな、過ぎたことはどうでもいいな」

男はあまりすまないという様子を見せずに謝罪を口にした。すると店のスタッフが控えめに声を掛けてきた。

「こちらにお席を移されますか？」

「ああ、頼む。それと彼に新しい飲み物を。ここはミクソロジストがいるんだ。せっかくだから、彼の作ったカクテルでいいかな？」

「え……ええ」

いきなり尋ねられたので、つい頷《うなず》いてしまった。

ミクソロジストとは、バーテンダーの別称である。今までのフルーツしか使わなかったバーテンダーとは違い、フルーツの他、野菜やハーブなどの食材を使ってカクテルを作るバーテンダーのことを言う。どこの店にもいるわけではないので、ミクソロジストがいるバーでは彼の作るカクテルが人気になっていた。

ファルラーンは直哉の返事を聞くと、口許《くちもと》に笑みを浮かべた。それでこの男のペースにまんまと乗せられていることに気付いたが、もう後の祭りだ。

「では彼にはマンハッタン・サイドを。私は……そうだな、私は普通のカクテルをいただこう。ウォッカ・マティーニを。ステアせずにシェイクで」

「かしこまりました」

スタッフが一礼して去っていくのを見て、直哉はこれ以上彼のペースに巻き込まれてはならないと口を開いた。

「あの、申し訳ないのですが、僕はまだあなたと一緒に飲むとは言っていませんが」

遠回しに断ろうとしたが、彼が人好きのする笑顔で返してくる。

「これは失礼。君の隣のスツールが空いているうちに座らなければと、少々焦ってしまったようだな。なにしろ、君が落ち着くのを待って、声を掛けようと狙《ねら》っているライバルがかなりいるからな。タイミングを計るのに苦労した」

「ライバルって……何を言っているんですか。そんな人、いませんよ」

どこまで冗談かわからないが、見知らぬ人間を相手に、軽く受け流しては誤解を招きかねない。直哉は真面目《まじめ》にきっちりと返した。だがその受け答えを気に入ったのか、楽しそうに男が口許を緩め、そして続けた。

「君が気付かないだけだ。さて、では改めて君に請おう。一緒に飲まないか？　君も見知らぬ外国人にその胸の内を零したほうが、気が楽になるだろう？」

「胸の内って……」

どうやら目の前の男は直哉のぐちゃぐちゃとした感情の乱れを察知しているようだ。別れ話からずっと見られていたなら当然だろう。

「私は通りすがりの外国人だ。君の話を聞くにはちょうどいい存在だ。そう思わないか？」

確かに二度と会わないだろう相手なら、自分のこの収拾のつかない思いを吐露しても構わないかもしれない。

全部吐き出せば、明日にはまたいつもの朝がやってきて、ケイトに振られたことも乗り越えられる気がした。

普段なら見知らぬ相手にプライベートなことを話したりはしないのだが、カクテルを何杯も飲んだせいか、少し酔って気が大きくなっているのもあり、直哉は彼の言う通り、胸の内を話したくなってしまう。

「……僕の話を聞いてくれるなら、そのお礼でここを奢《おご》ります。それでいいなら……」

「奢る？　別にそんなことを気にしなくても構わないが？」

「いえ、僕が構います。何のお礼もしないで、僕の愚痴を聞いてもらうなんて、気が引けます。大した額ではないですが、奢らせてください」

初対面の人間に対して少し強く言い過ぎただろうか。そんな心配をしながらファルラーンを見つめていたら、彼が驚いた表情を見せた。

「どうしたんですか？」

「あ……いや。君のような美人な男に奢られるのは記憶がなくてね。私の懐《ふところ》をあてにする人間のほうが多いから、新鮮で少々驚いてしまった」

「あの、言い過ぎかもしれませんが……人間関係を改めたほうがいいと思いますよ？」

「なるほど、君の言う通りだ。今後は考え直そう」

ファルラーンが真面目な顔で答えてきたので、つい噴き出してしまった。すると彼も楽しそうに笑う。

「そうやって笑っているほうがいい。君らしいと思う」

「僕らしいって……初対面なのにそんなことを言うんですか？」

「ああ、私の勘は鋭いんだ」

「あなたって面白い人ですね。なんだか、僕も少し気持ちが楽になりました。僕、俳優を目指してここ、ニューヨークに四年前にやってきたんです」

「ほぉ……」

「彼女と知り合って二年、上手くやってきたつもりだったんです。だけど考えが甘かったんだなぁ……」

今こうやって彼女にはっきり言われてわかることもあった。どこか自分は結婚を曖昧に捉《とら》えていたのかもしれない。

「僕だって彼女に言われるまでもなく、三十歳を間近にして定職にも就かず、俳優の仕事もほとんどなく、このままでいいか、悩んではいたんです。でもどうにかなるって、少し夢みたいなことを思っていた……」

「誰でもそういう時はある」

ファルラーンが真剣に話を聞いてくれるのを見て、直哉の今まで張り詰めていた心が、少しずつ癒《い》やされていく。

「やめたほうがいいかなって何度も考えたりしたんです。でも小劇場に立つアクターの楽しそうな顔を見ていると、やめようという思いが鈍って、なかなか踏ん切りがつかず、ずるずるとここまで来てしまった……。彼女もそんな僕を理解していて、結婚相手には向かないと思ったんでしょうね。そりゃ、思われるよな、僕……」

「夢を持つ男と添い遂げようと思う女もいるさ。たまたまあの女はそういうタイプではなかったということだ。だが、君を口説けるというチャンスに巡り合えたのだから、私はあの女に感謝しなければならないな」

「……え？」

彼の言葉に直哉は顔を上げ、隣に座る男の顔を見た。彼と視線がかち合う。

「君を初めて見た瞬間、胸を撃ち抜かれた」

「ふぇっ？」

思わず変な声が出てしまい、慌てて口を閉ざす。そして何となく身の危険を感じ、ファルラーンから少しでも離れようと躰《からだ》を引いた。だが、彼の指先が直哉を引き留めるように頬《ほお》に触れてくる。

「さっきから必死で口説いているつもりだったが、気付かなかったか？」

「な……」

言われてみれば、隣に急に座ってきた辺りから警戒しなければならなかったのかもしれない。いつもなら何となく相手がゲイかどうか判断がつくところだが、傷心でしかもカクテルをかなり飲んで判断力が鈍っていたせいか、このファルラーンに限っては直哉の嗅《きゅう》覚《かく》も役立たずだったようだ。

元々直哉が身を置く業界もゲイが多く、直哉も誘われることが多い。多いが、まだ誘いに乗ったことはなかった。

直哉が固まっていると、ファルラーンが意地悪く笑う。

「ああ、言い忘れたが、私は根っから男しか愛せない男だ」

うっ……。

「……僕も言い忘れましたが、いえ、僕が女性に振られたことで察することができると思いますが、僕は女性を愛する男です」

「そうか」

ファルラーンは何でもないように答えると、直哉の唇を素早く奪った。息が止まる。

「なっ……あなた人の話、聞いてます？」

「ああ、聞いている。だが、衝動が抑えられなかった」

これ以上キスされないように慌てて唇を手で隠す。すると彼がまた楽しそうに笑った。

「……あなたね、自分がかなりいい男だからといって、そういうの、他の相手なら喜ぶかもしれませんが、僕相手には無駄ですよ」

「無駄かどうかはまだわからないだろう？　一晩私と試してみないか？　男とするのも想像以上に気持ちがいいとわかるはずだ」

「どうしてそう自信満々なんですか……」

「自信があるから仕方ない。それに君の職業柄、男から誘われることも多いだろう？」

「それはそうですが、僕はそういうのはまだ……」

「ちょうどいい。心を癒やす一番の薬は、優しいセックスだ。今の君に最も必要なことじゃないか？」

黒曜石のような美しく黒い瞳《ひとみ》を向けられる。どうしてか胸がドキッとした。

「君は寝ていればいい。女の子にサービスしたり、気を遣ったり、そんなことはもうしなくていい。君を、君だけを大切にするセックスをしてみないか？」

僕だけを大切にする――。

心がぐらついた。ケイトにプロポーズを断られ、人生のすべてを拒絶されたような、そんな思いに駆られていた直哉には、大切にされることに対する飢えみたいなものがあった。

一度だけなら……。一夜だけなら、少し怖いが彼に抱かれてもいいかもしれない。そんなことを思ってしまう自分がいる。だが――直哉は首を小さく横に振って答えた。

「……傷ついた心を誰かに慰めてもらいたいとは思います。でもそれを性交に求めるのは抵抗があります。それに僕はあなたを知らなすぎる」

そうだ。こんな酔っ払いの自分に声を掛けてくるなんて胡散臭《うさんくさ》すぎる。

「このホテルに三年程泊まっている。私の身元はこのホテルが保証してくれるだろう」

「さ、三年、泊まっているって……」

　このホテルはニューヨークでも屈指の老舗ホテルでかなり高級なところだ。だからこそ直哉もプロポーズの場所にここを選んだくらいだ。そこに三年も泊まっているとなると、その宿泊代は、庶民の直哉にはとても計算ができないレベルで、また、それを支払える彼という人物が、かなりの資産家であることを意味するものだった。

「まあ、引っ越しが面倒だから、というずぼらさが招いたことだがな」

　聞いたことがある。ニューヨークのセレブたちは自分の家の他にホテルの部屋を常に押さえており、セカンドハウス的な使い方をしているらしい。

　驚いて固まっている直哉を誤解したようで、ファルラーンが困ったような顔をした。

「まだ不満か？　そうだな、あとはステイトＩＤならあるが？」

　ファルラーンはそう言うや否や、視線を後ろへと向ける。すると黒いスーツを着た男性がこちらへとやってきた。

「お呼びでしょうか」

　彼の部下か何かだろうか。だが圧倒的に何か身分差のようなものがあるのを感じる。

「私のステイトＩＤを彼に。ああ、あと名刺も用意しろ」

「かしこまりました」

　彼は一礼すると、すぐに直哉の前にファルラーンのＩＤカードと名刺を出してきた。直哉はそれらをちらりと目にする。

「ＣＥＯ？」

名刺の肩書に驚き、顔を上げた。

「小さな会社だ。それよりこれで、私のことを少しは知ってくれたか？　怪しい者ではないし、ＳＭの嗜好《しこう》はないから君を傷つけることは絶対しない。私が君の意に反することをしたら訴えればいい。その時は君の訴えに甘んじよう」

彼の言葉に直哉は呆れた。

「はぁ……あなた、どれだけ必死なんですか。ステイトＩＤやら名刺やら……僕も提出が必要ですか？」

「いや、いい。私は人を見る目だけはあるからな。君が君であるなら問題ない」

「ぷっ……何ですか、それ」

あまりのセリフに直哉は笑ってしまった。

「笑った顔のほうがやはりいいな」

彼がそっと囁《ささや》く。その顔で、その甘い声で、そんなことを言うのは反則だ。

「……僕は悪魔かもしれませんよ」

「構わない。それも一興だ。君が欲しい」

ほんの僅《わず》かな時間なのに、これほどまでに直哉に熱を注いでくれる人物に興味が湧《わ》いてしまう。ケイトに振られた日。何か新しい世界に足を踏み入れてもいい気がしてきた。心をリセットし、彼女を吹っ切りたい。

酔いが自分を大胆にさせているのを何となく理解しながらも、ファルラーンという男への興味が大きく膨らんでいく。それはやがて直哉の理性を凌駕《りょうが》した。

「僕は男の人の相手は初めてだから、何もできませんよ」

「私が奉仕するから大丈夫だ。君は私に愛されればそれでいい」

「その言葉、忘れないでくださいよ。後で文句は受け付けませんから」

「商談成立だ」

ファルラーンはそう言うと、直哉の手を取り、その手の甲に唇を落とした。

彼に連れてこられたのは、先ほどのラウンジバーの階よりも更に上にあるロイヤルスイートルームだった。

「あなた、小さな会社って言っていましたけど、こんな部屋に、しかも三年も泊まっているなんて、かなり大きな会社のCEOなんじゃ……んっ……」

彼にキスをされ言葉を遮られる。そして深く唇を重ねた後、ファルラーンがキスの合間に囁いた。

「詳しい自己紹介は後にしよう。今は無粋だ」

そのまま抱き締められ、再びキスを深くする。

「っ……あ……シャワーを……っ……汗、かいている……からっ……ぁ……」

キスの合間に訴えると、彼が名残惜しそうに唇を離した。

「私はこのままでも構わないが……そうだな、君の初めてを貰うのに敬意を払わないとならないな」

「え……」

「君はそちらのバスルームを使うがいい。私はもう一つのバスルームを使おう」

「もう一つって……」

この部屋には少なくとも二つはバスルームがあるようだ。

一体どんな部屋に泊まっているんだ？

ホテルと思えないほど広いホールだけでもかなり衝撃的であったのに、このロイヤルスイートルームは直哉の想像をはるかに超えた設備を有しているようだ。

「シャワーを浴びたらここで待っていろ」

ファルラーンは直哉の額《ひたい》にキスを落とすと、そのまま寝室から出ていった。直哉は彼の背中を見送った後、床へ座り込んだ。

うわぁ～！　どうしよう。勢いでここまで来てしまったけど。本当に僕、男の人に抱かれるのか？

酔いが少しずつ覚めてくるにつれて、冷静になってくる。逃げようかと卑怯《ひきょう》な考えも生まれてきた。だが、ふと自分の胸の内ポケットに硬いものが入っているのに気づく。

ケイトへ渡そうと思っていた婚約指輪だ。

「っ……」

途端じわりと心臓が締め付けられるような痛みを発した。とても一人では立ち直れないほどの痛みだ。

『心を癒やす一番の薬は、優しいセックスだ。今の君に最も必要なことじゃないか？』

ファルラーンの言葉が脳裏《のうり》に蘇《よみがえ》る。途端、慰めてほしいという気持ちが強くなった。

男に抱かれるというのは、もしかしたら自分の人生を変えてしまうほどのことになるかもしれない。

「……取り敢えずシャワーを浴びよう」

直哉は浅く息を吐くと、床から立ち上がり、バスルームへと向かった。


シャワーを軽く浴び、悩みを引き摺《ひず》りながら寝室に戻ると、ファルラーンがベッドの上に座り、待っていた。直哉は迷う自分を心の奥底に閉じ込める。男のプライドにかけても、ここまで来て逃げるわけにはいかなかった。侍スピリットだ。このニューヨークで夢を叶えるために強気で前に進むしかなかった直哉にとって、『逃げる』は『負ける』とイコールだ。

直哉は深呼吸をし、心を落ち着かせる。

「……お待たせしました」

直哉の声に、ファルラーンが薄い唇に笑みを浮かべる。

「よく逃げ出さなかったな」

「逃げ出しても良かったんですか？」

「まあ、良いか悪いかの前に、まずここからは逃げ出せないがな」

「そうですよね。あなたの部下なのか、部屋の前に男の人が数人いましたからね。残念ながら僕は武闘派じゃないので、あの方たちを振り切って逃げる自信はありませんし」

直哉の言葉に、ファルラーンの片眉《かたまゆ》がおや、という風に上げられた。

「君は面白い男だな。繊細で傷つきやすいと思えば、そうやって大胆で現実的で、駆け引きもできる。あとは自分がどれだけ魅力的な人間か知れば、もっと面白い男になるだろうな」

「毎度オーディションに落ちている男ですけどね」

「それは見る目のない男たちのせいだな」

彼が直哉に向かって手を伸ばしてきた。直哉はその手を取る。

「喜ばせてくれるんですか？　お世辞だとしても気分がいいです」

「ああ、可愛《かわい》い君のことだ。褒めるだけ褒めてやりたいさ」

手を引き寄せられ、ベッドへと引き摺り込まれる。すぐに組み敷かれたかと思うと、そのままバスローブの前を解かれ、胸元に手を差し込まれた。その感触に躰の芯《しん》がきゅっと締まった感じがする。

「鼓動が速いな。緊張しているのか？」

「……当たり前です。は、初めてなんですから」

『初めて』というのが何とも恥ずかしく、顔が熱くなった。だがファルラーンはそんな直哉の繊細さに気付かないのか、デリカシーのないことを口にする。

「平然としていたから、本当は慣れているのかと思った」

失礼なことを言われ、少しだけムッとする。

「慣れているって……初めてだと、言いましたよね」

「実は慣れているのに、初めてだと言う人間を何人も知っているからな」

「何人も……って、あ、いえ。別にいいです」

この男がもてないわけがない。聞くだけ無駄だと思い、直哉は口を閉ざした。

「君のような綺麗な男が、男の経験がないのが信じられなくてね」

「信じるかどうかは知りませんが、僕は初めてです……え？　何をニヤニヤ笑っているんですか？」

「いや、君に何度も『初めて』って言わせるために仕掛けたんだが、まんまと何度も口にしてくれたからな。君の正真正銘の処女をいただくのかと思うと、私の日頃の行いの良さが身に沁《し》みるな」

「なっ……悪趣味です！」

「趣味はいいほうだと思うが？　君に目をつけたところから、いい趣味だろう？」

「そういうこと言ってるんじゃ……んっ……」

またもやキスで遮られる。

「そろそろおしゃべりはやめにしないか？　君が私を焦《じ》らすつもりで仕掛けているのなら、君の策は完璧《かんぺき》だ。私は早々に降参するよ」

彼の引き締まった躰がゆっくりと覆《おお》い被《かぶ》さってくる。すらりとして男の色香を伴う筋肉は程よく鍛えられたものだ。直哉は少し躊躇《ためら》いながらもその張りのあるミルクコーヒー色の肌に指を這《は》わせた。指先から彼の熱が伝わってきて、これが夢ではないことがわかる。

「あなたの肌、綺麗ですね……」

思わず本音が出ると、彼が続いた。

「君のほうが綺麗だと思うが？」

彼の吐息が触れるほどの間近で囁かれる。男同士なのに、直哉の官能的な部分が甘く呼応した。ファルラーンの魅力に取り込まれそうだ。

彼の唇が直哉の唇をそっと塞《ふさ》ぎ、そのまま深く交わる。まるで恋人同士のような錯覚を抱くほどの情熱的な口づけだった。

「っ……」

息が苦しくなるほど求められ、ようやく彼の唇が離れる。そしてゆっくりと味わうように直哉の頬、そして顎先《あごさき》、首筋へと唇を滑らせた。同時にファルラーンの指が首筋から鎖骨をなぞって、胸へと落ちていく。淡いピンク色に染まった乳首を指の腹で意味ありげに撫《な》でられた。そんなところ何も感じないのに、ファルラーンは執拗《しつよう》に嬲《なぶ》り始《はじ》める。

「どうしてそこばっか……」

「ここも感じるようになるからだ」

「そんな……なるわけない……っ……」

「どうかな」

ファルラーンは弄《いじ》っていないほうの乳首にそっとキスをした。

「っ……」

驚くほどの優しいキスに、女性相手でそんなことをされたことがない直哉は、キスだけでどうしたらいいのかわからなくなる。するとファルラーンが大胆に乳首をしゃぶり始め、上目遣いで直哉を見つめてきた。

「戸惑う姿もなかなか可憐《かれん》だな。悪いことをしているような気になる」

そんなことを言われ、つい元来の負けず嫌いがこんな時にも顔を出してしまった。

「お互い、いい大人なので悪くはないかもしれませんが、いいとも言い難いですね」

困惑を隠して澄まして答えると、強がりがばれているのか、ファルラーンが面白そうに笑みを零した。

「なら、いいと言わせてみよう」

「え……」

先ほどから触れていた直哉の乳首を更に執拗に触り始めた。

「な……そんなに触らないで……ください……」

刺激を与えられた乳首は、次第にこりこりとした硬さを帯びる。その時だった。やんわりと乳頭を指の腹で押し込められた途端、直哉の背筋を凄《すさ》まじい電流のようなものが駆け上がった。

「あぁっ……」

直哉の様子に気を良くしたのか、ファルラーンが益々《ますます》激しく乳首を触り出した。

「な……何？　どうして……な……それ、だめ……っ……あぁっ……」

自分の乳首が赤くぷくりと腫《は》れているのが目に入る。まるで女性のそれと同じだ。その乳首にファルラーンがいやらしく舌を絡ませる。嬌声《きょうせい》が零れないように歯を食い縛るが、経験のない快感は、直哉を簡単にねじ伏せた。

「んっ……あぁぁ……っ……」

質感のある温かいものが直哉の乳頭を包み込んだかと思えば、軽く噛《か》まれたり、そのまま歯で挟んで痛くない程度に引っ張られたりした。

「あ……ああっ……」

乳首を弄られるたびに、思いも寄らない喜悦の波が襲い掛かり、理性が翻弄《ほんろう》される。乳首にこんな快楽が潜んでいるとは知らなかった。

乳頭を強く吸われ、神経が痺《しび》れる。また指で弄っている、もう一方の乳首は、指の股《また》に乳頭を挟まれて激しく擦られた。両乳首に愛撫《あいぶ》を受け、直哉は訳のわからない喜悦に悶《もだ》える。自分の下半身が触られてもいないのに頭を擡《もた》げ始《はじ》めた。

どうして、乳首を触られているだけなのに、こんな――！

何でもない刺激のはずなのに、すべてが快感とすり替わっていく。あってはならない衝動が下肢から湧き起こっていた。

「催淫剤《さいいんざい》の入った潤滑油を使うぞ。少々冷たいが我慢してくれ」

「催淫剤って！　ちょっと……」

「大丈夫だ。私の国の秘薬だ。中毒性もなければ、違法なドラッグでもない。安心しろ」

「安心しろって言われても」

「そうでなければ、私のものは簡単には入らないぞ」

「え……」

下肢を直視する勇気はないが、視界の端に入ったそれは、まだ完全に勃《た》ってはいないのに、かなり大きかった。

「わかっただろう？　怪我《けが》をしたくなかったら、大人しくされるままでいろ」

「あ……あの、やっぱり挿《い》れるのは……」

それまで熱にうかされていた思考が少しだけ冷静になる。とてもではないが、初心者が体験するには大きすぎるものだった。

「大丈夫だ。私に身を任せておけ」

「う……うぅ……なるべく穏便に……」

「当たり前だ。言っただろう？　私は君を癒やしたいと」

いつの間に用意したのか、ファルラーンは小瓶を手にすると、その長い指に潤滑油を垂らした。そのまま彼の指がするりと直哉の双丘の狭間《はざま》へと忍び込み、その谷間に潜む秘部へと触れてくる。そしてその慎《つつ》ましい蕾《つぼみ》を愛《め》でるようにそっと撫で上げた。

「ああっ……」

ざわっと躰が戦慄《わなな》く。その訳のわからない震えに翻弄されている間に、とうとうファルラーンの指が直哉の劣情を捉えた。

急所を摑《つか》まれ、直哉の背筋に恐怖からなのか快感からなのか、理由のわからない痺れがせり上がってくる。

彼の指が直哉の様子を窺《うかが》いながら、ゆっくりと秘孔に入ってきた。異物の侵入を拒もうと下肢に力を入れるが、熟《う》れた襞《ひだ》に潤滑油を塗り込む感触が生まれ、とてもではないが太刀打ちできず、彼の指をすんなりと受け入れてしまう。

「あぁ……ふっ……」

直哉の中を指が蠢《うごめ》く。どこが直哉の感じる場所なのか探しているのか、いきなり彼が指を激しく動かした。

「ああっ……あああっ……」

爪先《つまさき》からてっぺんまで雷で打たれたような強い痺れに嬌声を上げずにはいられない。ただ中を擦られただけなのに、直哉はファルラーンに翻弄されるがままだ。次第に、下肢から彼の指の動きに合わせてぐちょぐちょと湿った音が聞こえ始めた。

「や……な……音、出さ……ないっ……で……あ……っ……」

「出すなと言われても難しいな。君が音を出しているんだぞ？」

「あなたがやめれ、ば……出なっ……あぁっ……」

「フッ……君は色っぽい顔をするな」

直哉の言葉など聞いてはいないようで、ファルラーンが勝手なことを呟《つぶや》く。思わず殴ってやりたくなって拳《こぶし》を握ったが、どうやら挿入している指を二本に増やされたようで、衝撃が倍になり、せっかく握った拳はすぐに崩れた。

「あぁ……な……もうっ……え……」

突然、ファルラーンの昂《たかぶ》った熱の塊が何かの拍子で直哉の内腿《うちもも》に当たった。彼の下半身はかなりの嵩《かさ》に膨れ上がっていた。それで彼が我慢していることに気付く。

こいつ……僕のことを大切に抱こうとして、我慢してる？

直哉は自分を翻弄するファルラーンの顔を改めて見上げた。そこには余裕を見せる男の顔があるだけだが、それはそう見えるだけで、彼もまた耐えているのだ。それも直哉を傷つけないために。

指が更に増え、ようやく違和感を覚えなくなった頃、彼の屹立《きつりつ》が直哉の蕾にあてがわれた。直哉は自分を初めて犯す男の熱に震える。

「挿れていいか？」

「聞かないでくれますか？　なけなしのプライドを捨てて、逃げたくなるから」

「なるほど、素直なのはいいことだ。また一つ君の良さを見つけたよ」

そう言いながら、ファルラーンが器用に口端にコンドームの袋を咥《くわ》え、片手で封を切った。包みが切れる音が生々しく寝室に響く。そのまま彼が手際よく、自分の下半身にコンドームをつけるのを直哉はただ見ていることしかできなかった。

「んっ……」

彼の劣情がぐちゅといういやらしい音を立て、直哉の中へと押し込まれる。散々解《ほぐ》したはずなのに痛みが走った。

「もう少し緩めてくれないか」

ファルラーンが耳朶《じだ》を噛むように囁いたかと思うと、浅い場所で抽挿を繰り返す。

「あっ……あぁっ……」

初めての行為なのに、奥へ挿れてほしくて堪《たま》らなくなる。彼を受け入れようとしている秘部に熱が集中し、そこから溢《あふ》れ出《だ》す愉悦に直哉の神経は沸騰しそうだ。

「早く……っ」

とうとう我慢できずに口走ると、熱く滾《たぎ》った楔《くさび》がグッと奥に突き進んできた。

「あぁあっ……」

潤んだ媚肉《びにく》が引き摺られる。痛いはずなのに、催淫剤のお陰か、快感のほうが増し、直哉を乱れさせる。

「動くぞ」

彼の指先が直哉の頬に触れてくる。彼が真摯《しんし》に気遣ってくれることが伝わってきて、直哉はその手に自分の頬を委《ゆだ》ねた。それを合図に彼の動きが激しさを増す。

「あぁっ……あ……あっ……」

無意識に逃げようとしても腰を掴まれ、蜜路《みつろ》を擦り上げられた。

「はあっ……あぁぁっ……」

直哉の全身が更に熱を帯びる。

「あっ……あ……ああ……」

揺さぶられ、次々に襲う喜悦の波に意識が飛びそうになる。直哉はとうとうファルラーンの背中にしがみ付き、荒れ狂う波に耐えた。苦しいほどの悦楽に、首をいやいやと激しく横に振るが、まったく容赦がなかった。まさに獰猛《どうもう》な獣に貪《むさぼ》られているようだ。

「もう……だ、め……っ……激し……いっ……あぁ……」

喉《のど》を仰《の》け反《ぞ》らせると、彼がそこに口づけを落とす。そしてそのまま鎖骨へと滑らせ、無防備だった直哉の乳首を再びしゃぶった。

「あぁぁ……」

彼が器用に乳頭に舌を絡ませる。舌先で先端をぐりぐりと押し込められるたびに、直哉の劣情がぴくぴくと震えた。男と寝るのは今夜が初めてなのに、こんなに感じてしまう自分が恥ずかしいのに、嬌声を抑えることもできず、喘《あえ》がされるままだ。

「あっ……あぁ……はっ……あぁ……」

抽挿は止まることなく繰り返される。それだけならまだしも、乳首も同時に愛撫され、直哉は過度な快感に咽《むせ》び泣《な》いた。

「ああっ……もう……ふっ……だめ……ああっ……怖いっ……んっ……」

感じたことがないほどの愉悦に恐怖さえ覚える。

「怖くない。私がこうやって君を抱いている限り、怖くはない、直哉」

初めて名前を呼ばれ、思わず瞼《まぶた》を押し上げる。目の前には自分よりももっと深い黒、黒曜石のような美しい瞳があった。その瞳が近づいてきて、再び唇にキスを落とす。啄《ついば》むような短いキスを何度も重ね、鼻先を擦り合わせた。優しいキスだった。直哉を癒やそうとする気遣いが伝わってくる。

「あっ……」

「本当に君は色っぽい顔をする……堪らないほどに」

そう囁くと、ファルラーンの腰の動きが激しさを増した。鋭い刺激が直哉に再度襲ってくる。

「君は魅力的だ」

閨《ねや》での戯言《たわごと》かもしれない。だが彼女に振られたことでかなり自信喪失していた直哉にとって、ファルラーンのそんな言葉でも、傷ついた心が幾分か癒やされた。

「いいか？　直哉——」

「あぁ……んっ……ひゅっ……」

首筋に彼の温かく湿った息が掛かったと同時に、視界に真っ白な世界が広がる。自分に羽が生えてふわりと舞うかのような感覚に全神経を呑《の》み込《こ》まれそうになった。下腹部から湧き起こる熱に堪えきれず、自分の中にあるファルラーンをきつく締め付けながら達《い》く。

「あぁぁあああっ……」

直哉は白濁とした熱を吐き出していた。その出したばかりの精液をファルラーンが指で掬《すく》い取《と》り、舐《な》める。

「君の達くときの表情は結構クるな」

「え？　あ、あぁ……駄目、今、達ったばかりで……あぁぁ……動かないでっ……」

直哉が達しても、ファルラーンは腰の動きを止めるどころか、一層激しくした。

「あぁぁぁ……」

直哉が立て続けに達くと、頭上で彼が小さく呻《うめ》いた。

刹那《せつな》、躰の最奥《さいおう》に圧迫感を覚えた。薄い膜を通してもわかるほど激しい放埒《ほうらつ》だ。初めての感触に、直哉も愉悦を追い求める。彼は己《おのれ》を出し切ると、一度ずるりと直哉から楔を引き抜いた。途端、躰の緊張が解れ、ほっとする。だが――。

またもや何かが破れる音がする。気だるい雰囲気の中、直哉は視線だけで音のするほうを向いた。

「っ……」

男がまたコンドームをつけるのを目にする。

「な……あなた！　今、達ったばかりでしょう！」

「あれくらいでは足りない。それに言っただろう？　一晩試してみないかと。一晩だ」

「な……一晩って！　僕は初心者ですから！　あぁ……もう……あっ……」

蕾に彼が押し当てられたと思うと、今度は簡単にファルラーンを呑み込んでしまった。

「初心者でも、私との躰の相性はよさそうだ」

彼の指先が二人の繋《つな》がっている箇所にそっと触れてきた。過度な快感で痺れているそこは、ちょっとした刺激だけでも直哉をおかしくさせた。

「はぁ……っ……」

「フッ……まったく可愛いな」

達ったばかりだというのに、ファルラーンのそれはすぐに大きく嵩を増す。彼が動くたびに、直哉の快感も大きくなった。

「直哉、君は今、恋人はもちろんいないな？」

「っ……知っているでしょう……あっ……あなたの目の前で振られたんですから……ああっ……もう……あぁ……」

「じゃあ、決定だな。付き合おう」

「は？」

とんでもない言葉を耳にした気がして、一瞬にして我に返る。だが男がズクンと最奥まで突いてきたので、抗議の言葉が嬌声に変わってしまった。

「あぁっ……ふ……あ……もう……だから……動かないで……っ……んっ……」

「動くな？　あり得ないことを言うな。君をとことんまで可愛がって癒やすつもりだ。遠慮はしなくていい」

「遠慮ではないです……から……っ……あぁぁぁ……」

直哉を穿《うが》つ屹立が大きくグラインドし、狂おしいほどの享楽が躰中《からだじゅう》に溢れ返る。思わず目の前のファルラーンの背中にしがみ付いてしまった。

「情熱的だな……っ……」

「ち……がう……っ……あぁ……」

「そう難しく考えるな。適当にしていればいい。私は君にとって都合のいい男だぞ」

肌と肌をぴっちりと重ね合わせながら耳元に息を吹き込まれる。そして耳朶にそっとキスを落とされた。

「私と付き合わないか？　アメリカ人のようにまどろっこしい腹の探り合いもなしだ。私は意外と優しい男だと思うぞ？」

視線を合わせると、一時的に彼の腰の動きが止まった。黒曜石の瞳は真摯にその想《おも》いを伝えてくるが、この男との生活レベルの違いが大きすぎて、とても付き合えるとは思えなかった。

「……あなたほどの人なら、別に僕じゃなくても、もっと相応《ふさわ》しい人がいるんじゃないですか？　僕は俳優の卵で、生活するのも大変な三十路《みそじ》前の何の力もない男ですよ？」

「それなら私もそうだ。三十四歳で、男にしか興味がない。祖国では女と結婚しろと煩《うるさ》く言われ、五年前、とうとうアメリカまで逃げてきてしまった」

「逃げてきたって……」

「ああ、だが家族に内緒ではないがな。ただ、もう祖国には帰らない、結婚はしないと言ってある。あそこにいたら、見知らぬ女性と愛もなく結婚させられ、偽った人生を生きていかなければならなかったからな」

　ふとファルラーンが寂しげな表情をする。そこから、彼がそう決心するまで、どれだけ苦悩したかが見て取れた。

「それに女性にも失礼だろう？　私は決して相手を愛することができないからな。逃げるしかなかった。それが誰も傷つけない一番の方法だった……情けない男さ」

　彼が苦笑する。もしかしたら今でも何もなかったら祖国に帰りたいのかもしれない。

「情けなくありません。大変だったのに、そんな無理に笑わなくてもいいんですよ？　あなたにとって本当に大きな人生の転換期だったと思いますから……」

　直哉がそう言うと、ファルラーンの双眸が驚いたように大きく見開いた。それで直哉は自分が失言したことに気付く。

「あ、ごめんなさい。ちょっと生意気なことを言ってしまったかも……。そんなつもりはなかったのですが」

慌てて謝るが、彼が小さく首を振った。

「いや、いい。少し驚いただけだ」

「驚いた？」

「ああ、君は本当に面白い男だな。私にカクテルを奢ったり、会ったばかりだというのに、心配までしてくれる」

「あなただって振られた僕の心配をしてくれたじゃないですか」

「それは下心があったからだ」

「下心って……」

ファルラーンは直哉の手を掴み、その指先に唇を寄せる。

「だから付き合ってほしい。君とならなかなか面白そうだ」

「金持ちの道楽ですか？」

「そうかもしれない。だが、何か新鮮な気持ちを君で得られるのも確かだ。どうかな、君は私のことを一緒にいられないほど嫌いかい？」

指先に何度も口づけられ、官能の焔《ほのお》が勢いを増すのを脳の片隅で感じながら対峙《たいじ》する。

「嫌いって……」

「君に嫌われているのなら、無理強いはしないが？」

　卑怯だ。そんな甘い声で囁かれたら、どんな女性や男性だって一発で落ちてしまう。直哉も例外ではない。だからこそ血迷ってしまったのかもしれない。思いも寄らないことを口にしてしまった。

「……お、お試しならいいかも。僕は男の人と付き合ったことがないし、よくわからないんです。だからお互い、もう駄目だって思ったら、そこで別れるってことで」

「それが君の条件なら、承知した。まずは一歩前へ進むことが大切だからな」

　ファルラーンが指先を引き寄せ、直哉を躰ごと抱き締める。

「私の擒《とりこ》になるがいい――」

　まるで呪文《じゅもん》のようなその言葉に、直哉は心が囚《とら》われてしまうのを感じずにはいられなかった。

＊＊＊

　翌朝、目が覚めると、ファルラーンの姿はなかった。代わりに彼の側近だというサリードと名乗る男が部屋の隅に待機していた。

「え……なっ」

驚くのもつかの間、滑り落ちたデュベの下には何も身に着けていないことに気付き、すぐにデュベを手繰り寄せた。だが直哉の動揺と対照的に、サリードは慣れているのか淡々とした様子で話し掛けてきた。

「主《あるじ》は仕事でお出掛けになりました。直哉様の身の回りのお世話とお食事を用意するよう仰せつかっております。シャワーを浴びられて、お食事をなさってください」

食事……。

ファルラーンが留守にしているというのに、とてもではないが、こんな豪華な部屋で一人きりで食事などできない。どこかのスタンドで食事をしたほうがましだ。

「シャワーだけ貸してください。食事は結構です」

「かしこまりました。あとこちらは昨夜のお手当でございます」

「お手当?」

差し出された封筒に直哉が顔をしかめると、サリードが言葉を足してきた。

「主の愛人を務めてくださった皆様にお配りしているものです」

「……あ、愛人」

頭を鈍器で殴られたような気がした。まさか自分と彼の関係が『愛人』だとは思っていなかったのだ。

『私と付き合わないか？』

　ファルラーンの言葉が脳裏に蘇る。そうしてようやく彼の言ったことの意味がわかった。

　そうか……。愛人として付き合わないかということだったんだ。そうだよな、そうじゃなきゃ、こんな貧乏人と付き合うなんてことないか……。

　何となく自分の気持ちがしゅんと萎《しぼ》んだような気がした。自分でも彼に何を期待していたのか理解できていないのに、気持ちとはよくわからないものだ。

「直哉様？」

　いつまでも封筒を受け取らない直哉を訝《いぶか》しく思ったのか、サリードが名前を呼んできた。直哉はハッとして顔を上げた。そして言うべき言葉を口にする。

「お手当はいりません」

「え？」

　サリードが驚いたように目を見開いた。

「昨夜は慰めていただいたという解釈でいます。彼に奉仕をしたわけでもありませんから、貰う根拠はありません。ですからこれは貰うわけにはいきません」

「細かいことは問いません。受け取っていただければよいのです」

　直哉は尚《なお》も首を横に振った。

「昨夜の自分は、傷心の上に自信喪失も甚《はなは》だしく、何の価値もない男だと落ち込んでいました。今朝、やっとそこから浮上できたのに、こうやって対価を貰うようなことをしたら、もっと最低な男だと落ち込まないとなりません。僕は彼の愛人ではありませんし、ここには二度と来る予定もありませんから、受け取れません」

「直哉様……」

「シャワーだけ貸してください。浴びたら帰ります。お世話をありがとうございます」

困った顔をしたサリードに直哉は頭を下げ、そのままバスルームへと逃げ込んだ。

夢は夢だったのだ。だが、昨夜慰めてもらい、大切にしてもらったことで、失恋のショックからかなり立ち直れたことは確かだ。ファルラーンに感謝するしかない。

直哉は大きく息を吸い込み、シャワーのコックをひねったのだった。

そして翌日、いつの間にかナンバーを調べられていた直哉の携帯に、ファルラーンから連絡があり、切れたと思っていた関係が、その後も続くことになるのである。
それが半年前のことだった――。

◆　Ⅲ　◆

ニューヨークの街を直哉《なおや》は余程のことがなければレンタルサイクル、シティバイクで移動する。夜が遅くなったり、帰りにファルラーンのホテルへ行くことも多いので、あちこちの街角にあるステーションのいずれかに返却すれば完了のシティバイクは、とても便利で安上がりな乗り物だ。

毎朝、直哉はブルックリンのアパートから自転車でブルックリン橋を通り、マンハッタンへ通うのが日課だった。橋から眺めるマンハッタンの風景が最高で、日夜オーディションに落ち続けている直哉を元気づけてくれる。

今朝もマンハッタンへやってきて、エージェントの事務所に一番近いステーションに自転車を返すと、朝食をとるために近くの行きつけのカフェへと向かった。

マンハッタンのカフェは意外と薄いコーヒーを出す店が多い。そのためきちんとローストしたコーヒーを出す店を直哉は幾つか頭にインプットしている。事務所に近いセルフサービスのカフェもそうだった。

ベーグルサンドにしようかクロワッサンサンドにしようか悩んで列に並んでいると、背後から声が掛かった。

「おはよう、直哉。今から朝食か?」

振り向くと、一人の青年がトレイに朝食を載せて立っていた。直哉が渡米してすぐ、ネット配信のドラマに出演していた時に、そこの撮影所でバイトをしていた青年だった。

「ウォーレン、おはよう。君も今から?」

「ああ、一緒に食べよう。席とっておくよ」

「ありがとう」

ウォーレン・ランバートは直哉よりも五歳下であるが、アメリカ人らしく体躯《たいく》もしっかりしており、見た目は年下には見えない男である。

父親は世界的規模の大手ゼネコンの社長で、本人も今は父親の会社で働いていた。社長子息という身分であるが、まったく嫌味もなく、金持ちであることを鼻に掛けない気さくな男だ。直哉がニューヨークに来たばかりの頃、大学生だった彼は社会勉強の一環でその撮影所でバイトをしていたのだが、端役だった直哉に何かと気を遣ってくれ、更に気も合い、それからずっと付き合いが続いている。数少ない友人の一人でもあった。

後で聞いた話だが、当時、バイトのリーダーだったウォーレンは、渡米してきたばかりの直哉が心もとなく見え、心配になってしょっちゅう声を掛けたらしい。だが、直哉が体当たりで仕事をこなしている姿を見て、だんだんと好感を持ったとのことだった。

直哉はサーモンとクリームチーズのベーグルサンドと人気の野菜たっぷりのカップケーキ、それとコーヒーを注文して受け取ると、ウォーレンが待っているテーブルへと座った。

「ウォーレン、最近、会わなかったな。忙しかったのか?」

「ああ、忙しかったの何のって。うちのコーディネーターがさ、少し前にデルアン王国へ出張したんだけど、色々あって、そこにそのまま移り住んじゃってさ、彼の穴を埋めるのに大変だったんだよ」

「デルアン王国? ああ、アラブの一国で、今凄《すご》く経済発展しているってとこだよね?」

先日ニュースで、目まぐるしく発展している国で、世界中から企業を誘致していると言っていたのを聞いたばかりだ。ファルラーンの祖国でもあるので、記憶に残っていた。

「ああ、そこでインフラ関係を請け負っているんだが、たぶん、あいつはもう戻ってこないな。絶対永住する」

「へえ、そんなにいい場所なんだ」

「いい場所……かな。慧《けい》……あ、いや、あいつにとってはいい場所なんだよな。ああ、そいつ、俺がイギリスのパブリックスクールに行っていた時からの友達なんだけどさ。まあ、大変だったんだ」

「大変って……宗教とか？　生活習慣とかまったく違いそうだしな」

「まあ、それも大変だったが、他にも色々と大変だったたんだよ。俺も」

「君も？　君の仕事のことはよくわからないけど、お疲れ様だったな。褒美にカップケーキ半分やるよ。これを食べて頑張れ」

直哉は冗談交じりにそう言って、自分のカップケーキを半分に割り、少し多めのほうをウォーレンに渡してやった。

「お、ありがと」

ウォーレンは貰《もら》った先から口へ入れ、頬張《ほおば》る。

「で、当分、こっちにいられるのか？」

「いや、しばらくはデルアン王国とここを往復する日々が続くな。向こうの王室に繋《つな》ぎをとっておきたいし。あちらでは王室のツテがあるとないとじゃ、仕事に大きく影響するんだ」

「王室かぁ……。なんか夢のような話だな。そんな世界があるんだもんなぁ」

まったく縁のない世界に、直哉は溜《た》め息《いき》を吐くしかない。

「そういえば、直哉のほうは仕事、どうなんだ？　順調なのか？」

「ん～、取《と》り敢《あ》えず今週は芝居じゃないけど、雑誌の撮影でスケジュールは埋まっているかな。でもモデルだったら日本でもやれたし、この雑誌の仕事も女優がメインで、僕は脇《わき》事があるだけましか」

「そうそう仕事があるだけましだぞ。このアメリカ、俳優の卵なんて掃いて捨てるほどいるからな。どんな仕事でも頑張れ」

「ありがとうな」

職種が違ってもお互いに励まし合える友人がいることに感謝するしかない。直哉は自分の胸がほっこりするのを感じた。

「さて、俺は仕事に行くよ。明後日《あさって》からまたデルアン王国に関《かか》わる仕事が増えるからな。次に時間が空いた時に、飯でも食べに行こう。電話をする」

「ああ、待っている。あまり無理するなよ」

直哉が手を振ると、ウォーレンも笑顔で手を振り、店から出ていった。忙しい彼とここで会えたのは運が良かった。頑張っている彼を見ると、自分も頑張ろうという気力が生まれてくる。

「さ、僕も行くか」

直哉も立ち上がり、ダストボックスにゴミを片付けると、晴れ晴れとした気持ちで店を出た。

＊＊＊

仕事が終わったのは夜の十二時が過ぎた頃だった。女優の仕事が押したとのことで、撮影がかなり遅れたのだ。

女優は撮影が終わるとマネージャーと一緒に車でさっさと帰ってしまった。直哉には専属のマネージャーがついておらず、仕事が終わったことを電話で連絡しようと思っても、既に留守電に切り替わっていた。仕方ないので留守録に伝言を残して電話を切った。

直哉の事務所での立場は下の下だ。仕事がほとんどないのだから仕方ない。日本での実績でどうにか契約を結んだが、このままだと次の更新時には契約を解除されるかもしれない。

「タクシーを呼ぶか……」

ふと電話を掛けようとした指が止まる。ここからならファルラーンのホテルのほうがかなり近い。

仕事で忙しいだろうか……。

一昨日《おととい》会ったばかりだが、少しでもいいから彼の顔が無性に見たくなった。愛人関係と言いながら、直哉は彼に恋をしている。会いたくて堪《たま》らなくなった。

このニューヨークの夜がいけない。寂しさに拍車を掛ける。以前はこんな寂しがり屋ではなかったのに、ファルラーンと出会ってから、孤独という感情を強く感じるようになってしまった。たぶん本当の恋に落ちてしまったのだ。ケイトの時とは違う本物の恋。

どうして男である彼にこんなに心を惹《ひ》かれてしまったのだろう。

この半年間、彼と一緒にいて、疲れた心が癒《い》やされ、そして力が漲《みなぎ》り、もう一度頑張ろうという思いが湧《わ》き起《お》こってくるようになった。

ファルラーン自身も直哉を甘やかすだけでなく、励ます時も、ケイトは上辺《うわべ》のみの応援であったのに対し、時々はっとする言葉をくれたりもする。

『――私も俳優という職業のことは、よくわからないが、俳優として生きていこうとすれば、嫉妬《しっと》も当然あるし、辛《つら》いことも多いだろう。だがその辛さがお前の心を磨くこともある。俳優を諦《あきら》めるな、踏ん張ってみろ。お前が踏ん張っただけ地面には足跡が残る。俳優というものは観客の心に足跡を残す職業だろう？　なら残せ』

その言葉が何故《なぜ》か胸にすとんと落ちた。自分が俳優を諦めずに踏ん張ることに、もしかしたら意味があるような気がしたからだ。

収入も恋愛も、そして自分の信念も何もかも不安定で、いつも人生に負けそうになる。このままでいいのかという自問が常に頭の片隅から離れなかった。だがファルラーンの言葉は、このままでもいいんだという自信を直哉に少しだけ与えてくれた。

そして恋に落ちたと自覚したのは、彼が直哉の心の痛みをわかってくれるのは、彼もまた同じ痛みを抱えているからだとわかった時だろうか。

自分でも彼を守りたいと思ったのだ。地位も財産も何もかも彼より劣るのに、それでも彼を守りたいと思ったのだ。

「まいったな……」

夜空を見上げると、相変わらず星は遠い彼方《かなた》だ。じんと胸が疼《うず》く。

会いたい——。

「駄目だ……。やっぱりファルラーンの顔が見たい」

直哉は躊躇《ためら》いつつもファルラーンの番号を呼び出した。数回コールすると彼が出た。

『どうした？』

夜の帳《とばり》に彼の声が響く。

「あ、あの、まだ仕事ですか？」

『ああ、目を通しておきたい書類があるが……。外にいるのか？　車の音がする』

「ええ、さっき撮影の仕事が終わったんですが……」

まだ仕事をしているという話を聞き、そこへ行きたいと言えなくなってしまった。どうしようかと考えていると、少しだけ会話に間が空く。

『もう遅い。もしお前が面倒じゃなければ、ここに泊まりに来たらいい』

え……。

ファルラーンが察してくれたようで、誘ってくれた。

「でもあなた、今、仕事だって言いましたよね」

『仕事だが、別に徹夜をするわけじゃない』

「でも……その……セックスはしませんよ？　僕、明日の撮影で上半身脱ぐので」

情事の痕《あと》が残っていたら大変だからだが、そんなわがままを言っても泊めてもらえるか不安に思っていると、携帯越しにファルラーンの笑い声が聞こえてきた。

『ははっ、今のお前の顔が見たかったたな。さぞ恥ずかしがって言ったんだろうな』

「悪趣味です」

『私が悪趣味なことはもう知っているだろう？　そうだな、セックスはなしというのは少し寂しいが、お前の仕事も大切だ。今夜は躰《からだ》を休めに来るがいい』

胸がきゅっと締め付けられた。傲慢《ごうまん》のようで傲慢ではなく、直哉の仕事のことも考えてくれるファルラーンに甘えてしまう。

「今から行きます。十五分くらいで着くかと」

『ああ、気を付けて来い』

その声に気持ちが浮上した。我ながらゲンキンだ。直哉は今度こそタクシーを呼んだのだった。

ロイヤルスイートルームのリビングにファルラーンはいた。直哉を待っていたのだろう。書斎ではなく、リビングで書類を読んでいた。

スリーピースのジャケットを脱いで少しだけラフな恰好《かっこう》でカウチに座る姿は、それだけでもどこかの雑誌のモデルのようだ。思わず見惚《みと》れそうになり、直哉は頭を軽く振った。

「こんばんは。遅くまでお仕事、お疲れ様です」

少しだけ乱れた髪を掻《か》き上《あ》げながら、ファルラーンが視線を向ける。

「ああ、意外と早かったな。少し待て」

そう言うと、サリードに何か指示をし、書類を渡した。サリードがそれを恭《うやうや》しく受け取り、すぐに隣の部屋へと出ていった。

「忙しかったんじゃないですか？」

「時差の関係で、決裁を急ぐものがあっただけだ。後は明日で構わない」

彼が大きく伸びをした。

「コーヒーでも淹《い》れましょうか」

「ああ、サリードに頼むか」

「サリードさんは、今あなたに仕事を任されて忙しいでしょう？　僕が淹れます。学生時代にカフェでバイトをしていたので、コーヒーを淹れるのは慣れていますよ」

「お前と話す時間が惜しいから、今はインスタントで構わない」

「わかりました。いつか、このサイフォンで本格的なコーヒーを淹れてあげますね」

誰も使わないサイフォン式のコーヒーセットがカウンターの隅に置かれているのを見ながら肩を竦《すく》めると、彼が少しだけ嫌な顔をした。

「そういえば、まだあの仕事をしているのか？」

声が刺々《とげとげ》しい。最近、定期的に貰えている直哉の唯一の仕事が、あるホテルの最上階にあるラウンジバーのショーで踊ることなのだ。そこは歌手や俳優、モデルの卵ばかりが集まった、容姿を重視したバーで、ファルラーンの反感を買っていた。

実際、そこには業界の人間や、それ以外の職種で成功しているセレブが集まり、ショーの出演者らは彼らにスカウトされたり、愛人として求められたりもしている。

直哉もそこのオーディションに受かり、出演していた。事務所の給与が歩合制なので、その仕事を受けると月収が跳ね上がるし、かなりチップも貰える。お陰で、生活はぎりぎりながらも芝居の稽古《けいこ》や観劇に時間やお金を費やすことができるようになったので、直哉としてはありがたい仕事だった。ファルラーンにはそうではなくても、だ。

「ファルラーン、その眉間《みけん》の皺《しわ》をとってくれませんか？　別に責められるような疚《やま》しいことはしていません。それに僕は同時に複数の愛人を持つという器用なことはできませんから、あなたを裏切ることはしませんよ」

直哉はリビングに併設してあるバーカウンターに回ると、コーヒーを淹れ始めた。それをファルラーンが視線だけで追ってくる。

「それはわかっているさ。お前は悪ぶってみせるところもあるが、本当の姿は純真で、義理堅い男だからな。浮気などするはずがない」

そんな恥ずかしいことを躊躇いなく言われて、直哉のほうが顔が熱くなってくる。

「……僕はあなたが思うほど純真じゃないかもしれませんよ。それにどうして、そう自信満々なんですか？　浮気をするはずがないって」

「違うのか？」

彼が面白そうに口端を上げて尋ねてくる。

「……違いませんが。なんか悔しいです」

「別に悔しがることはない。他の男や女がお前を値踏みしているのかと思うと、私が我慢ならないだけだ」

相変わらず人を喜ばせることが上手《うま》い男だ。そんなことを言われたら、誰だって彼に愛されていると勘違いしてしまう。いや、愛されているのかもしれない。愛人としてではあるが。

愛人――――。

半年経《た》っても慣れない言葉だ。慣れるどころか直哉の心を少しずつ蝕《むしば》んでくる。だが一方では、愛人という関係で気持ちが楽だと思う自分もいた。

責任のない愛情。

彼の傍《そば》にいることで、何も彼との関係を悩まなくていい。相手がセレブだとか、住む世界が違うとか、真剣に悩まなくとも成立する関係。恋人という関係と比べれば、その責任と感情の重さはまるで違った。

気楽でいられるのは『愛人』なのだ。

直哉は改めて自分に、現状が一番いいのだと言い聞かせた。だがそんな直哉にファルラーンが言葉を続けた。

「しかし――――、そんなに金に困っているなら、私から金を受け取ればいいだろうに。そうすればあの仕事も辞められる」

ファルラーンは最初に寝た時からずっと金銭を渡そうとしてくる。愛人なのだから、それも当然かもしれない。だが、直哉は一切受け取ったことはなかった。

愛人関係だと割り切ろうとしているのに、愛人関係のようなことはしたくないという矛盾が直哉の中にあるからだ。いっそ愛人だと認めてしまえば楽なのに、直哉の性格からか、彼に誠実でありたいと願う自分が、いらぬところで顔を出す。だから毎回適当なことを言って、断る理由を彼に示していた。

「はぁ……、あなたねぇ、そうやって甘やかされたら、僕は何もできなくなるでしょうが。前も言ったと思いますが、あなたともし別れるようなことになっても、自分の足で立っていられるよう、自分のことは自分で面倒をみると決めているんです。もうすぐ三十路《みそじ》なのに容色をあてにして生きていくなんて生活、怖くてできませんよ」

「相変わらず堅実だな。私と別れた後のことまで考えているとは。まったく私はそれに何と答えればいいのだ？」

ファルラーンが呆《あき》れた様子で尋ねてくる。

「何と、って……まあ、僕の性格だから、仕方ないと言ってくれたら」

「では俳優の仕事を紹介してやろう。俳優の収入が増えれば、そんな色を売るような仕事は辞められるだろう？」

莫迦《ばか》なことを言うファルラーンを直哉は睨《にら》みつけた。

「あなたがもし僕の仕事に口添えしたりしたら、別れますからね。大体、あなたがこの業界に口利きできる立場だなんて知っていたら、最初から付き合いませんでしたし」

「それは助かったな。お前と初めて会った時に口を滑らせなかった私は運が良かった」

ファルラーンが冗談交じりにそんなことを言ってくるのを軽く睨みながら、直哉はコーヒーを彼の目の前に置き、そして自分も彼の隣に座った。彼の指が直哉の手に触れる。

「だが、お前は私と恋人ではなく、愛人関係を望んでいるのだろう？　それなら躊躇いなく仕事の紹介を私に頼めばいいのではないか？　そのほうが愛人らしいぞ」

「それとこれとは別です。僕にだってプライドがある。仕事のために寝る男だと思われたくないんですよ」

直哉はそう言うとコーヒーを一口飲んだ。だが隣の男がとんでもないことを続けてきた。

「それは私のことが好きだという意味か？」

思わずコーヒーを噴きそうになる。

「っ……な、何を自惚《うぬぼ》れているんですか？」

「仕事のために寝る男だと、私に思われたくないんだろう？　体面を気にするくらいは好きだということだ」

本心を言い当てられて一瞬ドキッとする。だが、すぐにさりげなく続けた。

「……あなたのポジティブさには時々眩暈《めまい》がしますよ」

「それは大変だ。介抱は任せておけ」

ファルラーンの手が直哉のシャツのボタンを外そうという恰好だけしてくる。本気で脱がせようとはしていない。

「もう、あなたって時々子供みたいなことをしてきますよね」

「お前の前でかっこよく取り繕っても見破られるからな。素でいることにしている」

「あなたの素が子供っぽいってことですか？」

「そうだな。ああ、きっとそうだ。お前の前では大人げないかもしれないな」

彼の悪戯《いたずら》っぽい黒い瞳《ひとみ》が直哉を射貫く。つい目を逸《そ》らしてしまった。

だからそんな色っぽい瞳で見つめないでほしい――。

思わず願ってしまう。愛人として彼の都合のいい相手でいたいのに、余計な夢を見てしまいそうになるから。

「では、直哉、お前はどうして私と付き合っているんだ？　金銭もいらない、仕事も融通してほしくない。私としてはお前を喜ばすためなら金に糸目はつけないつもりだが？」

「ったく、お金持ちは言うことが違いますね。でも残念ながら僕が欲しいものはお金では買えないものです。でも、僕はあなたからきちんと貰っていますよ」

「貰っている？　何をだ？」

ファルラーンが怪訝《けげん》な表情をした。その様子がおかしくて直哉は小さく笑う。

「癒やしてもらっています。どうしようもなく孤独で寂しい時、あなたの傍にいることで、僕は寂しさを紛らわすことができる」

「まだあの女を引《ひ》き摺《ず》っているのか？」

「いいえ、ケイトのことは吹っ切れましたよ。ただ、このニューヨークという土地に立つと、自分が孤独であることをとても強く感じる時があるんです。渡米しようと決めた時、ちょっと覚悟が足りなかったのかもしれませんね」

こんなにオーディションに苦戦するとは思っていなかった。ブロードウェイを甘く見ていたのだ。何度も何度も落ち、不屈の精神で挑みたくとも、ちょっとした心の隙間《すきま》に孤独が吹き込んでくる。自分でどうにかしなければならないとわかっているのに、挑むことに疲弊しているのかもしれない。

ふと直哉の髪を撫《な》でる手があった。ファルラーンだ。

「もっと頼ってくれたほうが、私も嬉《うれ》しいと言っておこう。お前は頼ることを嫌がるが、私が喜ぶと思えば、少しくらいは頼れるだろう？」

その声に、直哉の胸にどうしようもないほどの衝動が生まれる。

好き――――。

責任のない愛人関係がいいのに、心のどこかで彼の恋人に、たった一人の恋人になりたいと思う自分がいる。直哉は衝動のまま隣に座る彼の胸にぽすんと躰を預けた。

「――――仕事とか、お金とかそういうものでなければ……」

「ああ、そうだな。今夜のようにふらっと立ち寄ってくれるだけでも構わないさ」

「あなた、本当に人を甘やかすのが得意ですよね。そんな風だと愛人にいいようにされて、財産全部使われてしまいますよ」

照れ隠しにそんなことを言ってしまう。だがそれでもファルラーンは嬉しそうに笑みを浮かべたままだ。

「それは本望だな」

「はぁ……あなた、ちょろすぎますよ」

「大丈夫だ。今のところお前だけに『ちょろい』ようだからな」

わざと『ちょろい』と口にするファルラーンに思わず噴き出す。だが、こんな色男にここまで言われて靡《なび》かない人間などいない。一度ファルラーンには、他の愛人だったら絶対に図に乗るから、そういうことは言わないようにと、釘《くぎ》を刺さなければならないだろう。

直哉は直哉で顔が赤くなるのを隠すために、彼の胸へと顔を沈めたのだった。

＊＊＊

ファルラーンが寝室から出ると、リビングではサリードが書類を手に待っていた。

「直哉様はお休みになられたのですか？」

「ああ、深夜まで及ぶ撮影に、かなり疲れていたようだ。話していたらウトウトし出して、とうとう私に凭《もた》れ掛《か》かって寝てしまったからな。今、ベッドに運んだところだ」

「そんなことを殿下がおやりにならなくとも、わたくしどもがいたしましたのに」

「サリード、直哉がいる時は殿下と口にするな」

「申し訳ございません」

サリードの謝罪にファルラーンは小さく溜め息を吐いて、カウチへと座った。

殿下。

これぱかりは逃げることができないファルラーンの呼称だ。ファルラーンはデルアン王国、現国王の弟にあたる王族の一人で、直哉より一年早くニューヨークへやってきた。

前国王の第二王妃である母は、ファルラーンが結婚し、子供をもうけることをとても楽しみにしている。そのため何度も無理やり結婚話を勧めてきたため、とうとう女性を愛せないことを告白したが、母はそれを理解せず、一時的な病気のような扱いをし、更に強く結婚を推し進めるようになってしまったのだ。

結局、母に理解されず、そのプレッシャーから逃げるようにニューヨークへやってきたが、『殿下』という呼び名はどこまでも追ってくる。ファルラーンにとって本当の自由というのはなかなか手に入らないものだった。

そういう意味で、大変そうではあるが、自由に生きる直哉が少し羨《うらや》ましくもある。

「……直哉様は変わった御方ですね」

ファルラーンが沈黙を保っていたところ、サリードがそんなことを口にした。視線だけで続けろと命じると、彼が話し出す。

「最初も、お手当を渡そうといたしましたが、きっぱりとお断りになられました」

「それは彼の性格から考えると、わからないでもないがな。ただ『手当』という言葉で、彼の気持ちを少し拗《こじ》らせてしまったかもしれない。まあ、今更言ったところで、どうしようもないかな」

いつものように、深い意味もなく手当をサリードが渡そうとしたことをきっかけに、直哉のファルラーンに対する態度が少し変わったのは、ファルラーンも気付いていた。

翌日から『愛人』を強調するようになってしまったのだ。

一種の慣習として手当を出したのが失敗だったようだ。だが今更過去は変えようがない。変えようがないのなら、彼の愛を勝ち取る努力をするしかなかった。

そしてこの半年の間、一緒に過ごし、直哉が容姿だけでなく、性格も悪ぶってみせるが実は優しく、慎《つつ》ましやかで真面目《まじめ》なことがわかり、益々《ますます》心を奪われてしまった。こんなに綺麗《きれい》で素晴らしい男がオーディションに受からないとは、なんと人を見る目のない業界だと真剣に思うほどだ。

ファルラーン自身も遊びではない恋に身を投じたのは久々で、刺激的な毎日を送っている。

「今までの愛人の方々は、ファルラーン様が金銭に余裕があると知ると、際限なく色々とプレゼントを欲しがりましたが、直哉様はこれといって欲しがったりいたしませんから」

「そうだな、だが直哉は控えめであって、最も難しいものを欲しがっているのだ」

「最も難しいもの？」

「ああ、それを満たしてやりたいと思うが、なかなかあれのお眼鏡《めがね》に私は適《かな》わないようだ」

何となく笑いが出てしまった。

今までバックボーンもあってか、ファルラーンを拒む人間などあまりいなかった。どこかで打算が働き、計算尽くの愛人を何人か相手にしたが、彼らは本当にファルラーン自身をしっかり見ていたか、今思えば甚《はなは》だ疑問だ。

ファルラーンにカクテルを奢《おご》ったり、苦労しているんだなと言って、慰めようとした男など、後にも先にも直哉だけだった。

彼がファルラーンが何者か知らないせいかもしれない。だが、出自関係なく、好意を寄せてくれているのは嬉しいことだった。愛される自由を初めて知ったと言っても過言ではないからだ。

だが直哉からの愛情は手に取るように伝わってくるのに、直哉はそれを隠したがっているのも感じていた。

最初は『手当』が尾を引いているのかと思っていたが、それだけではなさそうだった。

恋人ではなく愛人がいいというのは解《げ》せないことだが、彼のことだから何か理由があるのだろうと、今はまだ言うままにさせている。もちろん彼が真剣に離れていこうとするなら、無理やりにでも縛り付けるつもりではあるが。

「……監禁はできるだけしたくないが、いざとなったら、そうも言っていられないか」

「あの、ファルラーン様、心の声が聞こえております」

「お前に心積もりをさせるつもりで言ったのだ」

「はぁ……直哉様を大層お気に入りのようですね」

ファルラーンはその言葉に笑みだけで応《こた》えた。

元々直哉は見た目もファルラーンの好みの男だ。初めてラウンジで彼を目にした時、隣に女性がいても諦めることができないほど心惹かれた。そこだけ光り輝いて見えたほどだ。いわゆる一目惚《ひとめぼ》れである。だから彼の動向や彼女との様子も逐一観察していたのだ。

彼が彼女に振られた瞬間、これほど運命に感謝したことはなかった。これで正々堂々と彼に声が掛けられると心躍り、近づいたのだ。

「それにしてもいつまでご身分をお隠しになるおつもりですか？」

「別に知らせるつもりはない。だが、そうだな……彼の心をしっかりと摑《つか》んだ後に、いつか自然に知らせればいいと思っている。身分についてはさほど重要ではない。むしろ、もう身分を忘れて自由になりたいからな」

「王室とご縁をお切りになると……？」

「いや、そこまではしない。だがもう私は、私と愛するパートナーのために生きると決めている。プレッシャーから逃げるのも終わりだ」

そう言いながら、直哉が眠る寝室に目を遣った。

このまま直哉が、ファルラーンがデルアン王国の王弟であることを知らずにいても、それで構わない。ファルラーンが捨てようとしているもので彼を煩わせたくなかった。お互い出自を意識することなく、愛し合える仲になればいいのだ。

そんなことを強く意識するようになったのは直哉と会ってからだ。

「運命か……」

意識なく口から零《こぼ》れてしまう。するとサリードがはっとした様子で聞き返してきた。

「申し訳ございません。今、何とおっしゃいましたか？」

「何でもない。書類はチェックしておく。もう下がれ」

「ファルラーン様もそろそろお休みになってはいかがですか？」

「ああ、そうだな。ゲストルームを使おう」

「あちらでご一緒には……」

「今夜はセックスは駄目だと言われている。あれの寝姿を見て、私が約束を守れるとは限らん。今夜は別の部屋で寝るさ」

そう言うと、サリードが驚いたような顔をした。それも当然だろう。今までファルラーンがそんな気遣いを愛人にしたことはなかったからだ。

「かしこまりました。ではすぐにゲストルームを整えさせます」

どこか嬉しそうなサリードが恭しく部屋から出ていった。彼もまたファルラーンの真剣な恋を喜んでくれる一人だ。ファルラーンはテーブルの上にある書類に視線を落とす。

運命――――。

この広い世界で、それもニューヨークの街角で、少しだけ人生に憂いを感じ始めていた二人が出会ったことを、それ以外の言葉で言い表すことができなかった。

「こんなに自分がロマンチストだとは思ってもいなかったな。直哉、お前はどこまで新しい私を発見させてくれるんだ？」

小さく呟《つぶや》きながら、再び愛《いと》しい人が眠る部屋へと視線を向けたのだった。

＊＊＊

どこかで携帯の呼び出し音が聞こえる。

直哉は寝起きの頭で取り敢えず音を消そうという気持ちだけで枕元《まくらもと》にある携帯を手に取った。

「え！」

画面にはマネージャーの名前が表示されていた。慌てて電話に出る。

「おはようございます！」

電話に出ながら、自分がアパートのベッドで寝ていないことに気付く。

そうだ。昨夜はファルラーンのホテルに泊まったんだった……。

頭がはっきりし始めると、ファルラーンの寝た痕跡《こんせき》がベッドにないことにも気付く。

もしかして僕がベッドを独占してしまった……？

『直哉、聞いてる？』

ファルラーンに意識が行きそうになった時、耳元の携帯からマネージャーの声が響く。

「あ、すみません。寝ていたので、まだちょっと寝ぼけてて……」

慌てて取り繕った。

『とにかく詳しいことはこちらに来てもらってから説明する。今からすぐ来れるかい？こんなビッグチャンス滅多にないぞ。三時間くらいは拘束するから、そのつもりで来てくれ』

「わかりました。すぐに向かいます」

前半、ファルラーンに気を取られていたので電話の内容がよくわからなかったが、取り敢えずいいニュースであることは確かだ。

直哉は自分が服ではなく、ガウンを着て寝ていることに気付き、昨夜の記憶を手繰る。

そういえば、記憶があやふやな中、ファルラーンは呆れながら服を脱がせ、ガウンを羽織らせてくれたことを何となく思い出し、顔が熱くなる。

彼に会う前は、こんなにだらしない男ではなかったはずだ。どんなに眠たくても、手持ちの服が少ない直哉は、外出着に無駄な皺がつかないように自分できちんと着替えた。

「――あの人、本当に甘やかし上手だ。慣れている感じがするから、今まで何人も愛人を甘やかしてきたんだろうな……」

胸の奥がシクッと痛くなるが、気付かない振りをする。直哉は小さく深呼吸をすると、寝室からリビングへと顔を出した。思った通り、そこにはファルラーンがいた。朝食は済ませたようで、彼の日課でもある各国の経済新聞をタブレットで確認しているのが目に入った。何もかも気まずく直哉は小さな声で彼に声を掛ける。

「……おはようございます、ファルラーン」

「ああ、おはよう。食事は先に済ませたぞ。お前も食べるだろう?」

「ごめんなさい。今、事務所からいい話が来たからすぐに来いって連絡が入って、このまま帰ります。あの……ファルラーン、昨夜、寝たんですか? なんだか僕、ベッドを占有してしまったみたいで……」

恐る恐る尋ねてみた。

「私に独り寝をさせた愛人はお前が初めてだな」

「う……」

継ぐ言葉も出ない。

「私はこの埋め合わせを期待していいのだろう？」

人の悪い笑みを浮かべて問われる。心臓に悪いが仕方ない。昨日さっさと寝てしまったツケは高いと理解している。

「わかりました。どうしたらいいんですか？」

「そうだな、私のものをその唇で咥《くわ》えてくれるなら手を打とう」

「な……、く、咥える……って……。あなた、僕が初心者ってこと忘れてません？」

思わぬ要求に動揺を隠せない。だが直哉と違って破廉恥《はれんち》なことに慣れているだろう男は、にやりと笑みを深くした。

「覚えているさ。お前の処女を奪ったのも私だ。フェラも私が実践して教えてやっただろう？　今度はお前が私に成果を見せる番だ」

「僕に処女なんてありませんし。その……フ、フェ、フェラは別に成果を発表するものじゃないと思いますが」

「初々しいお前に咥えてもらうのがいいんじゃないか」

「……オヤジ臭いですよ」

「三十四歳だ。オヤジ臭くても仕方ないだろう？」

「世間の三十四歳に謝ってください。昨今の三十四歳はまだまだ若いです。はぁ……もう、わかりました。上手くできなくても文句は受け付けませんからね」

男は度胸。ああだこうだ言っても始まらないので、直哉は男らしく腹をくった。だが。

「おや？　願いを聞いてくれるのか？」

そんなことを飄々《ひょうひょう》と目の前の男が言ってきた。

「え？　まさか聞かなくてよかったんですか？」

「ああ、お前がいいって言ってくれたらラッキーだなくらいに思っていただけだが？」

「もう絶対しない。うわ、時間がない。僕の服ってどこですか？」

「サリード、直哉の服を出してやれ」

ファルラーンの声にすぐにサリードが新しい服を持ってやってきた。いつも必ずハイブランドの服をプレゼントしてくるファルラーンにも呆れる。

「この間、服を貰ったばかりなのに。うう……、言い合う時間がないから、今日は素直に貰っておきます。ありがとうございます。でも次はいいですからね」

「ああ、次はまた違うプレゼントを用意しよう」

「それもいいですから。すみません、ちょっと本当に時間がないので、これで帰りますね」

直哉は不満の半分も言えないまま、服を受け取ると寝室へ戻り、大急ぎで着替えた。

ホテルのエントランスを出て、目の前に停《と》まっていたタクシーに乗ろうとすると、視界の端に見知った顔が見えた。

「ウォーレン！」

ウォーレンがちょうどホテルへと入っていくところだった。向こうもこんな場所で直哉に会うとは思っていなかったらしく、驚いた顔をする。

「直哉、おはよう。このホテルに泊まっているのか？」

「あ……えっと、知人が泊まっているんだ。今朝用事があったから、仕事のついでに寄ったんだ。ウォーレンは？」

「ああ、俺はクライアントの関係者とここで打ち合わせなんだ。ちょうどいい。直哉、今日、ランチ、いつものカフェで待ち合わせしないか？」

「今日はちょっと仕事が入ってるんだ。あ、でも明日は昼からの仕事だから、その前にカフェに寄れるけど、ウォーレンは？」

「明日もこっちに用事があるからOKだ」

「じゃ、明日に。ごめん、僕はちょっと時間がないから、また！」

「ああ、またな」

ウォーレンと軽く手を振り合い、直哉はタクシーへと乗り込んだ。

＊＊＊

目の前のドアをノックするとすぐに返事がある。直哉は事務所の応接室のドアを開けた。

「おはようございます。遅くなってすみません」

部屋にはマネージャーとその上司のシニアマネージャーが座っていたが、直哉が入ると同時に、マネージャーは立ち上がって直哉を迎えた。昨日までの素っ気なさはどこへ行ったという感じだ。

「凄いよ、直哉！　あの人気脚本家のレーリックの次回作の打診が来ているんだ。しかも主役級グループの一人だそうだ」

「え？　レーリックの？」

レーリックは、ヒット作はもちろん、数々の輝かしい賞に何度もノミネートされ、そして受賞経験もあるアメリカ屈指の脚本家だ。

作品には新人の起用も多く、彼に見出《みいだ》された新人はもれなく売れっ子俳優へと育っていくので、レーリック作品は人気俳優の登竜門とも言われていた。

「昨今、アジアブームだから、直哉のアジアンビューティーなところがウケたのかもしれないな」

「アジアンビューティー……」

　ちょっと複雑な響きだ。

「直哉はブロードウェイの舞台を踏みたいよね？」

「はい。もちろんです」

「よし、じゃあ、決まった！」

　マネージャーが嬉しそうに言うと、奥に座っていたシニアマネージャーが付け足してきた。

「まだ決まったわけじゃないがな。とりあえずオーディションに出る許可を得たと説明するべきかな」

「オーディションがあるんですね」

「ああ、あるにはあるが、レーリックが気に入った役者を指名するときは、ほぼ採用だと聞いている。直哉もいよいよ成功する日が近づいてきたぞ」

　鼓動が大きく跳ね上がった。どうしてもこのチャンスをものにしたい――――。

「あの、ぜひよろしくお願いします！」

「わかっている。こちらも全力で応援するさ。まずは君に打診のあった役柄の説明をするから、ここに座ってくれないか」

直哉は言われるまま、席に着いたのだった。

説明が終わり、そのまま昨夜の続きである雑誌の撮影に向かう。撮影中も、どこか神経が研ぎ澄まされたような感じがし、終始好調であった。その証拠にどれもカメラマンが唸《うな》るほどの出来栄えで、最終的には予定にはなかったメインの女優と二人だけのスチール撮影もしてもらえることになった。最近では一番の出来だと自負するほどの仕上がりである。

やっぱりモチベーションの問題だろうか。改めて気分や雰囲気に左右されないように、常にベストな自分が見せられる精神力は大切だと感じた。

仕事も夕方には終わり、事務所に戻ると直哉は今の思いを一番伝えたい相手、ファルラーンに緊張しながら電話をした。いつも通り数回コールすると、彼が出る。

『どうした？』

甘く低い声が直哉の耳元で響いた。たとえ彼の携帯の画面に直哉の名前が出ているからだとしても、名乗らなくても応えてくれる相手が、家族以外にいることに心が安らぐ。

「あの、実は僕、今度、脚本家直々の指名で舞台のオーディションを受けることになったんです」

『凄いな、おめでとう』

「ありがとうございます。でもまだ受かったわけじゃないですよ？　まあ、愛人として、あなたに一応報告しておこうかなって思って、電話しました」

『フッ……そうか』

彼が柔らかく笑った。直哉の強がりなどお見通しなのかもしれない。

『仕事は終わったのか？』

「あ、いえ。あともう少し打ち合わせをしたら、終わります」

『打ち合わせということは、事務所か？』

「はい」

『じゃあ、打ち合わせが終わったら、また連絡しろ。迎えに行く』

「え？　迎えに来てくれるんですか？」

『ああ、外で食事でもしよう。お前の前祝いを兼ねてもいいだろう？』

ファルラーンが迎えに来てくれるのは初めてかもしれない。愛人関係を結んでから半年。今までは直哉が彼のホテルへ行っていた。

「あ……ありがとうございます」

『何か食べたいものはあるか？』

「あ、太りにくい食べ物！」

電話の向こうから彼が大きく笑ったのが聞こえた。どこかの女性のようなことを言った自覚はあるが仕方がない。アメリカの食事はとにかく油分や糖分、炭水化物が過多なのだから、気をつけないと大変なことになる。

『わかった。我が恋人はモデルでもあるからな。お前の体形維持を考慮したものにしよう。ではまた後で連絡をくれ』

「わかりました。じゃあ」

電話を切る。切った後も電話の画面をじっと見つめてしまった。我ながら乙女だ。

「う……よし、頑張るぞ！」

気持ちを切り替えて、直哉は急いでマネージャーの許《もと》に戻った。

＊＊＊

「顔がにやけていますよ、殿下。それに聞いたことのないような甘い声。もしや今の電話のお相手は、最近噂《うわさ》のお気に入りの愛人ですか？」

電話を切ると、早速ウォーレンに指摘され、ファルラーンはまた笑みを浮かべてしまった。どうやら他人から見ても直哉からの電話に浮かれていたようだ。

「そうだな。私は恋人のつもりで接しているが、あちらが愛人関係のほうが気が楽なようだから、敢《あ》えて愛人に甘んじているという感じだろうか」

「本当に大切にされているんですね。それにしても、なんだか惚気《のろけ》られたように感じるのは気のせいでしょうか？」

「いや、惚気たのだから間違いない」

途端、ウォーレンが額《ひたい》に手を当てた。

「はぁ……、こんな殿下、見たことありませんよ。慧にも教えないと」

「慧には言ってくれるな。彼の耳に入ると、そのままシャディールやアルディーンの耳に入ってしまう。さすがに甥《おい》たちに私の恋愛事情を知られるのは恥ずかしいからな」

慧というのは、ファルラーンの甥の一人、シャディールの実質的な伴侶《はんりょ》である青年の名前だ。この慧とウォーレン、そしてシャディールは高校時代をイギリスにある同じパブリックスクールで過ごしたという仲でもあった。

今回、ウォーレンの会社がデルアン王国で国王主導のインフラ整備を請け負っているため、ファルラーンも一年程前にウォーレンと仕事関係で知り合った。

ウォーレンもなかなかのやり手で、学生時代にデルアン王国の第六王子であったシャディールに貸しを作ってから今に至るまで、着実にデルアン王国とのパイプを太くしている。

「一度、殿下の想《おも》い人にお会いしてみたいですね」

「まあ、いずれは会うだろう。彼はここによく来るからな」

「買い与えている部屋にではなく、ですか？」

「部屋は買い与えてはいない。彼は金銭も受け取らなければ、高価なものも欲しがらないからな。今もブルックリンで自分でアパートを借りて住んでいる。もちろん内緒でボディーガードはつけてあるがな」

身辺警護もあるが、近づいてくる虫を追っ払うのも彼らの任務だ。

「ボディーガードって……、心配性ですね。でもその方は愛人なのに見返りを求めないいんですか？」

珍しくウォーレンが突っ込んで聞いてくる。確かに直哉が愛人だと言いながら、愛人らしくない言動をするのは、他人から見れば矛盾しているかもしれない。だがファルラーンはそれさえも、直哉の魅力の一つだと思っていた。

「ああ、彼は自分では愛人と言い張っているが、心はそうじゃないんだ。私に対して誠実さが垣間《かいま》見《み》えるのさ。彼のそういった行為は私への愛情表現の一つだというのに、本人はそれに気付いていないようだ。だから口では愛人関係と言っていても、彼の愛情が伝わってくるようで愛おしく思っているよ」

「……また惚気られていますかね」

「そうだな。だがお前が聞くからだぞ？」

「そうでしたね。以後、気をつけます」

ウォーレンが笑いながら答えてきた。

「それにしても、そのお相手の方がいつまでも恋心を認めなかったら、ずっと愛人関係のままでいらっしゃるのですか？」

「そうだな。彼とはゆっくり恋をしてもいい気がしている。絶対逃さないつもりではあるし、彼の気持ちを尊重したいとも思っているからな。それに相手が落ちてくるのを待つのは意外と楽しいぞ」

本当は少し寂しいが、楽しいと思うことにし、彼と誠実に付き合うと決めている。自分の想いだけをぶつけるような青い時代はとうに過ぎていた。

「まあ、殿下にそこまで惚れられる方というのには興味ありますね」

「フッ……もしお前が手を出したら、適当に罪状をつけて投獄してやるからな」

「殿下が言うと、冗談には聞こえませんのでやめてください」

「ああ、それから彼の前では『殿下』とは言うな。私の身分は言っていないからな」

そういえば大切なことを言っていないと思い出し、注意しておく。案の定、ウォーレンは驚いた表情を見せた。

「言われていないのですか？　それでは殿下のことを何と思われているんです？」

「起業家だと思っている。実際、本当のことだしな」

「どうしてまたそんなことに……」

「言うタイミングがなかったのと、彼が何にも縛られない素の私を見出してくれたことが嬉しかったからだ。私のバックボーンを知らずに一緒にいてくれる」

王族だと知られると、変に媚《こび》を売ったり、利用しようとする人間が多くなる。そのため半ば人間不信にもなっていた。だからこそ自分の出自も知らないのに、傍にいてくれる直哉に、強く心惹かれてしまう。『自分』を見てくれる彼に心を射貫かれてしまったのだ。

「この私にカクテルを奢ってくれたのは、後にも先にも、彼だけだな」

あの夜を思い出し、つい笑みを零してしまう。するとウォーレンが大きく溜め息を吐いた。

「はぁ～。殿下にこんなに惚気られる日が来るとは思ってもいませんでしたよ。恋人もいない独り身には毒ですよ。まったく」

「ああ、そういえば、お前、報われない片思いをしているって言っていたな」

甥の友人ということもあって、気安く話をしているうちに、ビジネスだけではなくプライベートまでも話す仲になっており、彼の片思いの話もよく聞いていた。

「報われないは余分です。それに今は片思いですが、必ず射止めますからご心配は無用です」

「頼もしいな」

ファルラーンは、ビジネス相手でもあり友人でもあるウォーレンの恋の成就を心から願った。

＊＊＊

直哉が打ち合わせを終えてファルラーンに連絡すると、すぐに事務所の近くまでリムジンで迎えにきてくれた。

そのまま二人で天高く聳《そび》えるニューヨークのビル群の合間を車で走りながら、予約をしているというレストランまで向かう。

ファルラーンが予約した店はブルックリン側からイーストリバー越しにマンハッタンの夜景を堪能《たんのう》できる寿司《すし》レストランだった。セレブ御用達《ごようたし》としても名高く、政財界の名だたる人物も来店している名店だ。

直哉もその店は知っていたが、最低でも夜、一人六百ドル以上するのもあり、未《いま》だ入ったことがなかった。

ビルの最上階フロアを占めるその店は、エレベーターから降りた途端、目の前にマンハッタンの夜景が現れるよう計算されており、エレベーターホールと店の仕切りの壁もドアもすべてガラスで造られていた。

夜景を楽しむために落ち着いた照明を使った店内をスタッフに案内され、窓際の席へと着く。足元の壁までガラスになっており、眼下には暗いイーストリバーの水面《みなも》に黄金の光が映り込んでいた。少しだけ視線を上げれば、アメリカの、いや世界の経済の中心地、マンハッタンの光り輝くビル群が夜空に浮かび上がっていた。美しい夜景を二人占めだ。

「こうやって改めて見ると綺麗ですね」

「そうだな。だが、お前ほどではないがな」

ちらりとファルラーンが視線をこちらに向けてくるのを真正面から受け止めてしまい、心臓がドキンと大きく鼓動した。

「っ……だからそういうことをさらりと言うのはやめてください。心臓に悪い」

「私は思ったことは正直に言う。お前はもっと心臓を鍛えるべきだな」

自分だけが悪いように言われ、直哉は言い返す。

「あなたも自分の容姿をもっと理解してくださいね。本当にそんな目で見られると心臓に悪いんですから」

するとファルラーンが堪えきれない様子で噴き出した。

「プッ、ハハ……お前の好みの容姿で良かったとつくづく思うよ」

「だ、誰が好みだって言いましたか？　もう、都合のいいようにとらないでください」

墓穴を掘ってしまったと内心焦るが、口に出した言葉は戻らない。もう無視するしかないが、ファルラーンのにやにやとした顔が視界の端に入って落ち着かない。

　そこに救世主かのようにスタッフが飲み物のメニューを持ってきてくれた。それでファルラーンの意識がそちらに移ったことに、ほっとする。

「直哉、飲み物に何か希望は？」

「いえ、あまり詳しくないので、あなたが選んでくれると助かります」

「わかった。では……」

　ファルラーンがスタッフと相談し始める。直哉が再び目の前に広がる夜景に見入っているうちに日本酒に決めたようだ。オーダーを終え、ファルラーンが話し掛けてきた。

「今日のメニューはここのシェフのおすすめに任せたが、お前の嫌いなものと、カロリーが高いものは出さないよう言っておいたぞ」

「ありがとう、パパ」

「どういたしまして、お坊《ぼっ》ちゃま」

「……『お坊ちゃま』は、どこかしら悪意を感じますが？」

「『パパ』にも悪意を感じるぞ？」

　二人で睨《にら》み合《あ》う。だがすぐに莫迦莫迦しくなり、直哉が先に戦線離脱した。

「はぁ……もういいです。それにしても、この店、人がいないですね……」

　ちらりと見回しても、客はファルラーンと直哉だけだ。

「平日は空いているらしい。休日なら満席だろう?」

「じゃあ、平日は穴場ってところですか?」

ここ最近、ニューヨークでは東洋文化と西洋文化を融合させたものが、洋服や飲食など多くのジャンルでブームを巻き起こしている。例えば日本から逆輸入されたジャパニーズパンケーキなどはニューヨーカーの胃袋を鷲掴《わしづか》みにし、店の前はいつも長蛇の列だ。

もちろんラーメンや寿司も以前以上に人気だ。この名店も、なかなか予約ができないと聞いていた。それが平日の夜なら空いているとなれば、多少値段が張っても耳聡い客で満席になるような気がするが、そうでもないのだろうか。

やがて料理が運ばれてくる。料理だけでなく、そこに付随する飾り付けも日本の料亭に引けをとらないほどの美しさだ。次々に運ばれてくる料理に舌鼓を打ちながら、口当たりのよい美味《おい》しい日本酒を飲む。なんという贅沢《ぜいたく》だろう。

直哉は久々に食べる正統派の日本料理に、満足し、顔が綻《ほころ》んでしまうのを止められない。

そして最後の締めは美しく並べられた五貫の寿司だった。ちゃんと寿司の香りがする。回転するものとはまったく風味が違った。

「美味しい……」

思わずしみじみと唸ってしまう。

「ここに来たことはなかったのか？」

「んっ……ある訳ないですよ。こんな高いところ……っ」

慌てて呑《の》み込《こ》むのがもったいなく、行儀が悪いと思いつつも口に頬張りながら話す。

「それならよかった。お前が太りにくい食べ物と言うから、悩みに悩んでも、何のひねりもない寿司しか思い浮かばなかったからな。これでお前が気に入らなかったら、立つ瀬がないところだった」

「そんなに悩まなくても。この間のオーガニックのレストランでも良かったんですよ？　あそこ、糖質制限とか注文を聞いてくれたじゃないですか」

あのレストランのきめ細かい配慮には、本当に舌を巻いた。

「……まあ、下心があったからな」

「下心？」

「お前のアパートを一度見てみたかったから、ブルックリンという場所にしたんだ」

「んっ……」

日本米であろう美味しい寿司を呑み込んでしまった。

「ちょっと、あなた、それは駄目です。お断り申し上げます。大体、僕のアパートなんて見ても面白くないですよ」

「面白いか面白くないかは私が決めることだ」

「いやいやいや、片付いていないし。あなたみたいなセレブを招くような空間じゃない」

見られて困るものは置いていないが、昨夜もファルラーンのホテルに泊まったので、部屋がどうなっているかわかったものではない。確かパジャマは脱ぎっぱなしにしていた気がする。

「外から見るだけでいい。お前がどんなところに住んでいるのか、この目で見ておきたいんだ」

「1LDKのエレベーターなしの三階角部屋です。はい、情報は以上」

「冷たいな。まあいい。お前が案内する気がなくとも、お前のアパートの場所はわかっている」

ニヤリと彼の口許が笑みを浮かべた。

「は？　いつの間に僕のアパート、調べてるんですかっ」

「それは……まあな。ということで、お前が嫌なら、私が勝手に行くまでだ」

「人の話、聞いてます？」

「その言葉、お前にそっくり返す。私はお前の部屋に行きたいと言っている」

ふんぞり返ってそんなことを言う色男に頭痛がしてくる。

「もう！　あなた、三十四歳にもなるのに、どこのわがまま坊ちゃんですか」

「悪いな、わがまま坊ちゃんで」

「開き直らないでください」

むぅと口を尖《とが》らせると、怒られているというのに彼が破顔した。

「はは……お前もその顔、二十九歳の大人の男の表情としてはどうかと思うぞ？　本当にお前は面白いな。大体、私に文句を言うのはお前くらいだ」

「はぁ……あなたの周りには気が長い人しかいなかったんですね」

「そうだな、きっと。さあ、食べたなら行くぞ。お前の住んでいる場所を見るのが楽しみだ。ルームシェアはしていないって前に言っていただろう？　なら、誰に遠慮することもないしな」

確かに今はルームシェアをしていない。それでも渡米当初は三人でシェアしていたこともあった。だが不定期な仕事で部屋に一日中いたりすることが多かった直哉にとって、ルームシェアはかなりストレスが溜《た》まるものだった。結局、日本で稼いでいたぶんの貯金を宛《あ》てることにし、比較的治安のいいエリアのアパートへ一人で引っ越したのだ。

「悪趣味ですよ、もう……本当に、見るだけですからね」

直哉は抵抗を諦めて、がっくりしながら日本茶をすすったのだった。


狭い階段を三階まで上る。レストランではアパートを見るだけだと言っていたはずなのに、到着してみると、部屋の中も見たいと言い出し、止めることももはや無駄だと学習してしまった直哉は、仕方なくファルラーンを部屋へと案内した。

「意外といい運動になるな」

狭い階段を三階まで上がったファルラーンは、そう言いながらも涼しい顔をしている。

「家賃を抑えるためにエレベーター付きのアパートはやめたんです。あなたが見たいって言ったんですから文句は受け付けませんよ」

直哉はアパートの鍵《かぎ》を取り出し、ドアを開ける。思った通り、見せるのに抵抗がある程度には、部屋は散らかっていた。ここまで来て、どうしようかと躊躇っていると、直哉の背後からファルラーンが顔を出した。

「ここか」

直哉の横をすり抜けて、さっさと部屋の中へと入ってしまう。

「ちょ、ちょっと」

止めようとすると、ファルラーンが振り向き、じっと直哉を見つめてきた。

「な、なに？」

こんな一般庶民のアパートにはとても不似合いなゴージャスな男が小さく笑う。

「いや、部屋からお前の香りがするなって思ってな」

「へ、変態」

「お前に言われると、なかなかいい響きだな」

彼が直哉の手を取ったかと思うと、引き寄せられ、そのまま抱き締められた。ふわりと彼の愛用しているコロンの香りが鼻先を擽《くすぐ》る。それだけで直哉の躰が少しだけ熱くなった。

「下で車が待っているんですから、こんなことをしている時間はないでしょう？」

理性を総動員して、彼の誘惑から逃げようと試みる。だがそんな焦る直哉の気持ちとは裏腹に、ファルラーンは余裕綽々《よゆうしゃくしゃく》に答えた。

「車なら帰した。明日、また迎えにくるそうだ」

「な、あなたいつの間に！」

「言っただろう？　下心があると」

文句を言う間もなく、彼の顔が近づいてきて唇を奪われた。唇からじんわりと淫蕩《いんとう》な痺《しび》れが広がる。すぐにファルラーンの手が直哉の腰に回り、がっちりとホールドされた。同時に、歯列の隙間から彼の舌が滑り込んでくる。舌で口腔《こうこう》を、手で躰を彼の思うままに弄《いじ》られた。

「んっ……」

くぐもった声が重なった唇の僅《わず》かな隙間から零《こぼ》れ落《お》ちる。するとファルラーンが焦《じ》れたように直哉の舌に自分の舌を絡ませ、音を立ててきつく吸ってきた。次第に頭の芯《しん》がぼうっとしてきて、飲み込みきれない唾液《だえき》が直哉の唇の端から顎《あご》へと伝い落ちる。

足腰に力が入らない……っ。

ファルラーンが腰を抱いていなければ、床に座り込んでしまいそうになる。彼の手がゆっくりと直哉の双丘へと滑り、その狭間《はざま》に潜む蕾《つぼみ》を指の腹でそっと撫でてきた。

「あぅ……」

とうとう唇の隙間から嬌声《きょうせい》が零れ落ちてしまった。

「ここ、壁薄いから……っ……」

そう言うも、直哉の言うことなど気にせずに、直哉の顎を伝う唾液を舌で舐《な》めとってくる。まったく自分勝手だ。きっとこのセレブ男にはそもそも部屋の『壁が薄い』という経験など皆無なのだろう。だから、それがどういう意味なのか理解していない気がする。

「……隣に……声、聞こえ……る……って……」

「隣に声が聞こえる？　ああ、なるほど……」

やっと言葉の意味を理解したのか、ファルラーンの動きが止まったので、直哉は何度も首を縦に振った。

「寝室のほうが、聞こえないから……」

「それは私を誘っているってことだな？」

「いちいち確認しないでください。ここよりましだから、提案しているだけです」

「そういうことにしておこう。ハニー」

軽く直哉の額にチュッとキスをすると、そのまま横抱きにされ、寝室のベッドへと連れ込まれる。そしてあっと言う間にホテルより小さいシングルベッドに組み敷かれた。

「ちょっと、いつもよりがっつきすぎ！」

「ここが、お前が普段使っているベッドだと思うと、それだけでかなりクるからな」

「だから、そういうこと言うと、変態くさいって……あっ……」

直哉の指にファルラーンの指が絡みつき、重なり合った場所からジワリと熱が生まれた。それは次第に快感へとすり替わり、直哉を襲う。同時に彼のもう一方の手は忙《せわ》しなく直哉の薄手のニットを捲《まく》り上《あ》げ、素肌に触れてきた。

「僕だけ脱がせるな。あなたも脱いで」

「脱がせてくれるか？」

彼が自《みずか》らネクタイを緩めながら、直哉を挑発してくる。直哉は受けて立つとばかりに起き上がり、彼のシャツを乱暴に脱がせた。ファルラーンもまた直哉のボトムと下着を抜き去る。二人ともじゃれ合いながら服を脱がせ、すぐに一糸纏《まと》わぬ姿となった。

彼の体温が直哉の薄い肌を通して直《じか》に伝わってくる。その優しい熱に、生きているという感覚が鮮明に湧き起こった。癒やされる。

好き――――。

この愛人関係がいつ終わるかわからないが、最後の日まできっと直哉はファルラーンが好きだろう。

時々胸を覆《おお》い尽くす寂しさに、心を掻き乱されることもあるが、彼と一緒にいる時間のほとんどが幸せに満《み》ち溢《あふ》れているせいで、直哉から彼と離れることはできなかった。

直哉は自分に覆い被《かぶ》さってくるファルラーンの胸を軽く押した。

「何だ？」

「あなたはそのままにしていてください」

直哉はそう言って自分の顔を彼の股間《こかん》へと下ろした。

「何をする？」

「この間、あなた、埋め合わせはフェラでいいって、言ったじゃないですか」

ファルラーンが瞠目《どうもく》し、固まるのがわかった。いつも余裕を見せている彼をこれだけ驚かせただけでも、やろうと思った価値がある。

「でも、したことがないので、下手でも文句は言わないでくださいね」

「な、直哉っ……」

彼の動揺した声につい笑いながら、目の前のまだ勃《た》っていないファルラーンの男根に唇を寄せた。

「っ……」

途端、頭上でファルラーンが息を呑むのを耳にしながら、直哉は彼に吸い付いた。よくわからないが取り敢えず、竿《さお》の部分にアイスキャンディーでも舐めるかのように舌を這《は》わせてみると、彼の劣情が大きく震える。それでやり方があながち間違っていないことを確信し、何度も舌を這わせた。

「直哉……」

彼の手が直哉の頭をそっと撫でてくれる。直哉の胸に愛しさが募った。彼の勃ち上がった屹立《きつりつ》の先端にキスをする。それだけで彼のそれに力が漲った。そのままカリのところに軽く歯を立て甘噛《あまが》みすると、彼の躰が震えるのがわかった。

「っ……放せ、直哉」

「え？」

顔を上げた時だった。熱い飛沫《ひまつ》が直哉の顔に掛かった。

「くっ……だから放せと言ったのだ。こんなに簡単にイかされたなんて、末代までの恥だ」

ぶつぶつ言いながらファルラーンが直哉の顔をベッドのシーツで優しく拭《ふ》いてくる。それで直哉は彼の精液が自分の顔に掛かったことに気付いた。顔射《がんしゃ》されたのだ。

「ファルラーン、あなた……あまりにも早漏すぎじゃありませんか？　マッハですよ？」

思わず笑ってそう尋ねた途端、彼が悔しそうに唸る。

「くっ……屈辱だ。だが、お前の姿が扇情的すぎるんだぞ。お前が、フェラなんてしてくれるとは思ってもいなかったから……くそっ、思った以上の破壊力だ。一発で理性が飛んだ」

彼が形勢逆転しようと直哉を押し倒してきた。

「名誉挽回《ばんかい》だ。私が早漏ではないことを証明しないとならない」

「ふふ……マッハ早漏でしたからね」

「もう言ってくれるな。本気で落ち込むぞ」

ファルラーンの男らしい顔が、情けなく歪《ゆが》められた。その顔にそっと指を這わせると、捕らえられ、指先にキスを落とされる。

「いいか？　直哉」

「そんな目で見ないでください――――うぅ……。明日は昼から仕事ですから、証明するとしても……そこそこにしておいてくださいよ」

「一応、心に留めておこう」

ファルラーンは、おしゃべりはここまでと言わんばかりに、直哉の唇を塞《ふさ》いだ。

＊＊＊

翌朝、直哉は午後からの仕事に合わせて、ファルラーンと一緒にキッチンで焼いたパンケーキの朝食を食べて、それから彼のホテルへと迎えに来た車で一緒に行くつもりだった。だが、

「男とカフェで待ち合わせ？」

ついホテルから事務所へ行く前に、カフェで人と待ち合わせをしていると口を滑らせてしまった。

「昔、渡米したばかりの頃、仕事先で知り合って色々と助けてくれたんですよ」

「渡米したばかりの頃だと？　そんな前の関係なのに、今も付き合いがあるということは、その男、お前を狙《ねら》っているかもしれんな」

斜め上の方向の予測をしてくる。

「ファルラーン、彼が男性と付き合っているって聞いたことありませんし、そもそも僕は男と関係したのはあなたしかいないのだから、万が一、彼に誘われても断りますよ」

真面目に答えたのに、彼が急にニヤついた。

「私しかいないか……。堪らなくいい響きだな。お前をすぐに貪《むさぼ》りたくなる」

「なっ……どうしてそうオヤジ臭いことを言うんですか。あなたに憧《あこが》れている人間が聞いたら、イメージが壊れるって嘆きますよ」

「勝手に妄想して勝手に嘆いていればいい。それよりも、私もその男に挨拶《あいさつ》をしておこ

う。どんな男か見ておきたいしな」

不遜《ふそん》に呟く男に頭が痛くなってくるが、止めても無駄なので、最も重要なことだけ注意しておく。

「はぁ……わかりました。彼に会わせますが、愛人とか言ったら駄目ですからね。僕が男性と付き合っているって知らないんですから」

「フン、牽制《けんせい》はしておくぞ」

「とにかく大人しくしておいてください」

「……まったく、私にそんな口を利くのはお前しかいないぞ」

ぼそりと言われるが、聞いていない振りをして、直哉はそろそろ車から降りるため、準備をした。


いつものカフェに行くと、既にウォーレンが店の入り口で待っていた。

「ウォーレン！」

直哉の声にウォーレンがこちらに視線を向ける。だが同時に酷《ひど》く驚いたような顔をした。

「ウォーレン？」

よく確認すると、ウォーレンは直哉の後ろにいたファルラーンを見ている。

「で、でん……」

「で、でん？」

意味がわからず、ウォーレンの言葉を繰り返すと、後ろにいたファルラーンがコホンと軽く咳払《せきばら》いをした。するとウォーレンが我に返ったように平静を取り戻す。

「あ、いや……で、電化製品の調子はどうかい？」

「電化製品の調子？　何の話？」

「あっと、ごめん。直哉じゃなかった。別の奴《やつ》の話だった」

「ウォーレン、お前が直哉の知り合いだったのか」

いきなり背後にいたファルラーンが声を掛けてきた。

「え？　ファルラーン、ウォーレンのことを知っているんですか？」

「ああ、今、デルアン王国の仕事で、いろいろ世話になっている。そうだな、ウォーレン」

「あ、はい。ミスター。いつもお世話になっております」

思わず直哉は二人の顔を交互に見返してしまう。なんだか二人が、特にウォーレンがぎこちないのは気のせいではないはずだ。するとウォーレンが腕を引っ張ってきた。

「直哉、ちょっと」

「え？　あ、ファルラーン、ちょっと待っててください」

　直哉はウォーレンに引っ張られ、三メートルほどファルラーンから離れた。話を聞かれたくないという感じだ。

「直哉、ミスターと付き合っているのか？」

「え……な、何を急に……付き合っているとか……ゆ、友人だよ」

　取り敢えず誤魔化《ごまか》してみる。大体、一緒に車から降りただけだ。充分、友人で通じる。

　だが、ウォーレンは信じてはくれないようだった。目を眇《すが》め、長い相槌《あいづち》を打つ。

「ふ～ん、実はさ、ミスターは最近できた恋人にぞっこんなんだよな。昨夜もその恋人とディナーに出掛けて、そのまま外泊すると言っていたんだよな。そしてこのタイミングで、どうしてか直哉と一緒に車に乗って登場。となると……そういうことだろう？」

「う……」

　せめて『恋人』というのを訂正しようかと思ったが、恋人ではなくて愛人だと言えば、更に突っ込まれるのも目に見えていたので、言葉に詰まる。結局その直哉の様子から、ウォーレンは益々確信を得たようだった。勝ち誇った笑みが彼の口許に浮かぶ。

「ふん、やっぱりな。直哉、昨夜、ブルックリンの寿司屋で飯食ったんだろう？　いいなあ、俺もあんな有名な店を貸し切って食べてみたいぞ」

「か、貸し切り!?」

「ああ、あんな連日満員の店、無理言って貸し切っていたぞ……って、もしかして知らなかったのか？　うわ、これ、俺から聞いたって内緒にしといてくれ」

ウォーレンが焦った様子で人差し指を口の前で立てた。

貸し切り……って、ファルラーン、平然と平日は空いているって言ったじゃないか！

ディナーだけでもかなり値が張る店なのに、それを店ごと貸し切ったとなると、どれだけ金額がかかったのか、わかったものではない。

「ああ……そこまでしてくれなくても……」

思わず頭を抱えた。

「ま、お前がそれだけ愛されているってことだろう？　それにしても直哉、いつから男を相手に恋愛をするようになったんだ？　確か、前は女性と付き合っていただろう？」

「いや、ファルラーンとは色々あって、利害関係が一致しているだけだ。恋人じゃない」

「へ？」

ウォーレンの動きが一瞬止まる。

「だから、色々事情があるんだ。とにかく僕が恋人とか言わないでくれ。ファルラーンにだって失礼だ」

「し、失礼？」

益々ウォーレンの顔に疑問符が浮かんでくるのがわかった。それもそうだろう。ウォーレンにはわからないはずだ。愛人手当だと言って金を渡されそうになったことなんてないだろうから。

　直哉がじっとウォーレンを見つめていると、彼の顔に何やら何とも言えない複雑な表情が浮かんだ。

「……なんか、ちょっとややこしいことになっている気がする」

「え？」

　ウォーレンの言った意味がよくわからない。だがウォーレンは慌てて訂正した。

「いや、いい。俺を面倒なことに巻き込んでくれなければな。とばっちりを受けるのは、もう慧だけで充分だ。ま、そういうことなら、今日のカフェランチは延期だな。あんたはミスターと一緒にランチをとってくれ」

「え？　でもファルラーンは君に挨拶をするだけだって言ってたから、もう帰ると思うけど……」

　そう言い掛けたが、ウォーレンが直哉の言葉を遮って、真面目な顔で続けた。

「いいんだ。馬に蹴《け》られて死にたくないし、面倒なことに巻き込まれたくない。これは俺の経験から得た教訓で、デルアン王国に関係すると、かなりの確率で嫌な予感が当たる」

「かなりの確率って……」

　よほどその『慧』という男と何かあったのだろう。パブリックスクールからの付き合いで友人だと口にしていたのを覚えているから、嫌っているわけではなさそうだが。

「ということで、直哉はミスターとランチをしていってくれ。じゃあ」

と言いながら、ウォーレンは少し離れたファルラーンに向かって小さく頭を下げる。

「ミスター、私は時間が少し押していますので、これで失礼します」

「え？　え？　ウォーレン」

直哉が引き留めようとするも、ウォーレンは笑顔で直哉の手をすり抜け、駆け足で去っていってしまった。残されたのは、呆然《ぼうぜん》とした直哉と、ニヤニヤと笑うファルラーンだけだ。

「えっと……ファルラーン、ウォーレン、僕たちに遠慮をしたみたいで……その、一緒に何か食べます？」

ファルラーンがこんな大衆向けのカフェで食事をするのは想像できないが、取り敢えず誘ってみた。すると彼が興味深げに、店の入り口を見た。

「ああ、ここが以前言っていた、お前がよく通うカフェか？」

「ええ、きちんとローストしたコーヒーがサーブされるので、気に入っているんです。あなたの口に合うかどうかわかりませんが、ここでお昼、食べますか？」

「ああ、こういうところは初めてなんだ。よくわからないから、お前が料理を選んでくれるのなら、食べてみたいな」

「料理って言うほどのものじゃないですよ。カフェですから。でもベーグルサンドは美味しいので、食べてみる価値はあるかも」

「楽しみだ。行こう」

ファルラーンは俄然《がぜん》乗り気のようで、直哉をエスコートして、自らカフェへと入った。

「ファルラーン、あなたあそこの二つ並びの席、とっておいてくれますか？　僕、注文してきますから」

ちょうど景色を見ながら食べられるカウンター席が幾つか空いているのが目に入った。ファルラーンは言われるまま、その席へと行き、座った。直哉はレジの列に並んで、彼の姿を見遣《みや》った。

脚、長い……。

初めて会った時もそう思ったのを思い出す。ファルラーンがカウンター席のスツールに座った姿に思わず見惚れてしまった。彼は今朝も三《み》つ揃《ぞろ》いの上質なスーツできっちりと身を固めており、男の色香を存分にまき散らしていた。案の定、店内の女性らの目が一斉にファルラーンに向けられている。

「ちょっと、あの人、エキゾチックでかっこいい……」

「本当だわ。モデルかしら」

「身なりからいって、かなりのセレブじゃない？　だってあのスーツ、高そうよ」

「声掛けてもいいかなぁ……」

「掛ける？　でも待ち合わせかもよ」

直哉の耳に女性たちの声が入ってきた。胸がジリリと焦げるような気がする。

嫉妬する間柄じゃないのに……。

直哉が小さく溜め息を吐くと、ちょうど自分がオーダーする順番になり、ベーグルサンドとコーヒーを二人分注文した。すぐにそれらを渡され、そのままファルラーンの待つ席へと運ぶ。そしてカウンターにベーグルサンドを置くと、彼がひょいと直哉を見上げてきた。

「すまない。料金は先払いだったんだな」

そう言いつつファルラーンがドル紙幣の挟まったマネークリップを取り出そうとする。

「いいですよ。ここは昨夜のお礼で払います。まぁ、貸し切りの料金には全然及びませんが」

「……知っていたのか？　さては、お前に告げ口したのはウォーレンだな」

「ストップ。ウォーレンに文句は言わないでくださいね。それにしてもあなた、いくらお金持ちだからといって、無駄遣いしすぎです」

「無駄遣いではない。お前を他人にじろじろ見られたくないだけだ。モデルや俳優は仕事だから我慢するが、プライベートのお前はできるだけ他人に見せたくない」

そんなことを真顔で言われて、彼によろめかない人間がいるだろうか。現に直哉もよろめきそうになった。だがそれを隠すために、敢えて文句を口にする。

「何を言ってるんですか。あなただって、ここに座っている間、どれだけの女性があなたに熱い視線を送っていたか知らないはずはないでしょう？　今だってこっち見てるし」

口にしてから、少し嫉妬じみたことを言ったと気が付いたが、気付かなかったことにする。だが、ふとファルラーンの顔を見ると、彼が不服そうに顔を歪めた。

「何を言っているんだ。それはお前だろう？　いいか、気をつけろ。お前のことは女だけでなく、男までもが、じろじろ見ているぞ。お前は自分の色気に自覚が足りない。もっと慎重になるべきだ」

「はぁ!?」

思わず大きな声を出してしまい、慌てて口を閉じる。そして小声で続けた。

「あなた、何、莫迦なことを言っているんですか？　自分のことを棚に上げすぎです。あ、もういいです。ここで言い合っていたら、悪目立ちしますから。はい、お勧めのベーグルサンドです。二種類を半分ずつに切ってもらいましたから、両方の味が食べられますよ」

「ほぉ……美味しそうだな。これは何だ？」

ファルラーンが目を輝かせて聞いてくる。それが普段の悠然とした姿と違って可愛《かわい》く見えて、ちょっとだけドキッとした。

「あ……えっと、一つは僕がよく食べるクリームチーズとサーモンの全粒粉のベーグルサンドです。こっちはレモンチーズクリームにターキーブレストをセサミベーグルでサンドしてもらいました。濃い目のコーヒーに合うんです」

「なるほど。ベーグルの種類も中身も選べるということなんだな」

「本当にこういうカフェで食べたことないんです？」

「残念ながらないな。大抵はルームサービスで済ませてしまうし、こんな店に連れてきてくれる相手がいなかったからな」

「すみませんね、今までの愛人と違って庶民的で」

「そういう意味ではない。下心なく私をこうやって連れてきてくれたり、何かをしてくれるような人間はアメリカに来てからはいなかった、と言いたかったんだ。皆、私の持つ金に興味があるだけだからな」

ふとファルラーンが寂しげな笑みを零した。本当は冗談で『僕も下心があるかもしれませんよ』と口にしようとしたが、その表情を見て、直哉は言葉を変えた。

「……お金だけじゃなく、あなた自身に魅力があるから近づいた人だっていると思いますよ。あなたが気付かないだけじゃないですか？　普段はポジティブすぎるのに、変なところでネガティブなんですね」

するとファルラーンの目が僅かに見開く。そしてすぐにその双眸《そうぼう》を緩めた。

「確かにな。お前の言う通りだ。少し穿《うが》った見方をしていたかもしれないな」

「……きゅ、急に反省めいたことを言わないでください。調子が狂います」

照れくさくなり顔を背けると、コーヒーを持っていた手に彼の指が触れてきた。愛しそうにそっと撫でてくる。そこから幸せが溢れ、直哉を包み込んだ。

人は相手の身上がわからなくても、恋をすることができる――。

彼の素性を敢えて知らないでおくことで、一線を引こうとしていたのに、どんどんと彼に惹かれていくのを否めなかった。

どこの誰だかわからないのに、そんなことは関係なく彼そのものに愛情を抱いてしまう。

好きになってもいいのだろうか――。

好きになって、彼の愛人から恋人へと昇格してもらえるよう、努力してもいいんだろうか――。

欲が生まれる。欲こそが愛情表現の一つだというのに。

彼に視線を向けると、彼もまた真剣に直哉を見つめていた。

愛している――。

本当は、恋愛対象は女性だったはずなのに、男性であるファルラーンに、しっかりと愛情を覚える自分がいる。もうそれを受け止める覚悟をしないといけないのかもしれない。

「直哉」

ファルラーンの低く甘い声が鼓膜を擽った。

「ここでキスをされたくないのなら、そんな顔で私を見つめるな」

ちらりと視線を送ってきたかと思うと、彼が意味ありげにコーヒーカップの飲み口にキスをした。まるで直哉の唇にキスを落とすかのように。

刹那《せつな》、ぞくっとした甘い痺れが直哉の背筋を震わせた。だがすぐにここがカフェであることを思い出し、乱暴に自分のコーヒーに口をつける。

「あなた、ここ、出入り禁止です」

「どうしてだ？　私だとて、こうやって普通のカップルのように、過ごしてみたいが？」

「……だから、そういうところが、です」

彼が何ともいえない表情をしたのを目にしながら、直哉は逸《はや》る鼓動を宥《なだ》め、ベーグルサンドに齧《かぶ》り付《つ》いたのだった。

＊＊＊

カフェでランチをした後、直哉はファルラーンと別れ、事務所へと顔を出した。

オーディションを受けることが決まっても、それだけでは食べていけない。日々、他の仕事も貰えるように、マネージャーに顔を見せるのも大切なルーチンだ。

古い戦略だが、仕事が来た時に、事務所に直哉を思い出してもらうのも重要だからだ。

直哉はマネージャーと会う前に、まずは所属タレントが自由に見られるウェブファイルを見ようと閲覧室へ出向いた。そのファイルにはエージェントの事務所に依頼があった仕事がアップされており、条件をクリアすれば誰もがオーディションを受けられるようになっている。そのため仕事の少ない者のなかには、この閲覧室のパソコンの前で一日過ごして、条件が合うオーディションを探す者もいた。

「おや？　直哉じゃないか」

直哉がオーディションをチェックしていると、後ろから声が掛かる。振り向くと、同僚のモデルの青年が侮蔑《ぶべつ》を含む嫌な笑みを浮かべて立っていた。

「あれ？　もう直哉は仕事なんて探さなくてもいいんじゃないの？」

棘《とげ》を感じる言葉だが、素知らぬふりで返す。

「そんなことないよ。仕事がなければ食べていけないからね」

「またまたぁ。殿下が仕事をくれるんだろう？」

「殿下？」

誰のことなのかわからない。直哉のマネージャーのことだろうか。だが彼が『殿下』なんて呼ばれているのを聞いたことはない。すると青年は綺麗な顔を歪ませて続けてきた。

「デルアン王国の王族がついた途端、舞台の主役級のオーディションに声が掛かるなんていいねぇ。でもオーディションとは名ばかりで、もう直哉に決まっているんだろう？　役が欲しいって言うと、貰えるんだ。僕も欲しいよ、いらない役を回してよ」

「何のことだか、わからないんだけど」

「しらばっくれなくても、直哉のパトロンがデルアン王国の王弟殿下のファルラーン様ってのは知っているさ。この事務所でも結構知っている人間は多いと思うから、隠しても意味ないよ」

「は？」

王弟殿下？　ファルラーン様？

何かじわりと嫌な感覚が躰の奥で蠢《うごめ》いた。

「もしかして本気で隠していた？　だったら、事務所の近くまで送迎してもらったら駄目じゃないかな？　知っている人が見たら、皆、殿下だって気付くよ。こういう職業柄、セレブの顔をよく知っている人間は多いからね」

頭の中が真っ白になる。あり得ない。あり得ない。彼が何を言っているかもわからない。

「あ……ごめん。本当に知らないんだ。確かに送迎してもらったアラブ人の男性はいるけど、殿下とかそういう人じゃないから……。たぶん他人の空似だと思う」

自分で自分に言い聞かせた。ファルラーンがそんな雲の上の人であるはずがない。確かに金持ちではあるが、直哉の手を取って、笑ってくれる優しい男だ。

「そうやって牽制？　ま、どうせ躰で誑《たぶら》かしたんだろうから、愛人やってるって、あまり大っぴらには言えないかぁ」

その言葉に直哉は思わず顔を上げた。彼の視線とかち合う。そして彼が笑顔で囁《ささや》いた。

「ビッチ」

「っ……！」

――心臓に大きな棘が刺さったような激痛が走った。

直哉が言葉を失っていると、男はさっさと閲覧室から去っていってしまった。

頭の中から何もかもが消えてしまったようだ。何も考えられない。

「あ……」

それでも俄《にわ》かにファルラーンの姿が脳裏《のうり》に浮かんだ。

ファルラーン、あなたは――誰？

確かに彼の出自を今まで聞いたことはない。聞くのが怖かったのだ。聞いたことで、二人の微妙な関係が違う形になるのを避けたかった。愛人という言葉に縛られていたため、いつか別れる人のことをあまり知りたくなかったのもある。

王弟殿下って……そんなこと知らない――。

居ても立ってもいられず、直哉は席を立った。マネージャーとの打ち合わせの時間には少し早いが、それでもどうしても確かめたいことがある。

直哉はそのまま応接室へと向かった。


応接室でマネージャーであるジョージを待っていると、時間よりも少し前に彼が現れた。

「今日は先方から直哉の役に対するイメージが届いているから、それを詰めようと思う」

ジョージが資料をテーブルの上に並べる。こういった資料は、あまりウェブ上には載せない。どこで漏れるかわかったものではないからだ。以前、まだ一般に公表する前にネットで配役が漏れてしまい、大きなトラブルになったことがあるし、他にも公開前の映画のストーリーが漏れてしまったこともあったので、未だにアナログが多い。

直哉は資料を手にする前に、気になっていることを口にした。

「ジョージ、僕にこのオーディションの話が来たのって、誰かの力が関係しています?」

「誰かの力?」

ジョージが、意味がわからないとばかりに尋ねてくる。

「……誰かから脚本家の側に圧力がかかって、僕に仕事が回ってきたとか……」

そこまで言うと、ジョージが察したように声を出した。

「ああ、ファルラーン殿下のことか」

その名前にピクリと躰が反応してしまう。ジョージまでがファルラーンの名前を知っていることにショックを隠せない。

「僕の実力じゃないんですね？」

その声にジョージも直哉の顔色が変わったことに気付いたようで、すぐに言葉を続けた。

「いや、このオーディションに関しては、殿下は関係していないと思うよ。直哉の実力で摑んだチャンスだ。レーリックは君の日本にいた頃の映像をチェックして気に入ったって聞いているし」

「本当ですか？」

縋《すが》るような思いで聞いてしまう。

「ああ、本当だ。うちの事務所にも殿下から何か声掛けがあったことはない」

「……そうですか」

ほっとする。直哉はファルラーンに仕事を斡旋《あっせん》してもらおうなどと思ったこともないし、されたくもない。下心があって付き合っているように思われるのが一番耐えられなかった。

地位や財産などすべてがファルラーンのほうが上だ。それは変えようもない事実である。だからこそ、その力を利用したくないし、彼に誠実でありたいと強く願ってしまう。

「だがな、直哉」

直哉はジョージの声に視線を彼に戻す。

「ファルラーン殿下とは懇意にしておいたほうがいい。これから先、仕事にいろいろと便宜を図ってもらったほうがいいからな。アラブマネーは昔ほどではないとしても、かなりのパワーがある。配役の一つや二つ、奪うことだってできるぞ」

「え……」

「気に入られろ。今回のオーディションの件もそうだが、お前にいいチャンスが巡ってきた証拠だ。このアメリカで成功したかったら、利用できるものは全部利用しろ」

信じられなかった。まるで枕《まくら》営業をしろと言われているようだ。いや、言われているのだ。直哉は思わず目を瞠《みは》った。

もしかしたら、オーディションの件も、やはりファルラーンが一枚嚙んでいるのかもしれない。彼は直哉が仕事を紹介されるのを嫌がっているのを知っているから、周囲に口止めをしている可能性があった。それにすぐにジョージの口からファルラーンの名前が出てきたのも怪しい。

「っ……」

ファルラーンまで信じられなくなっていく。彼を信じたくとも、何もかも信じられなくなってしまう。誰が本当のことを言っているのかもわからなくなった。

その後、ジョージとの打ち合わせの内容はほとんど直哉の頭の中に入ってこなかった。

＊＊＊

その日の夕方近く、直哉は事務所での打ち合わせを終え、再びファルラーンの宿泊しているホテルへと向かった。

ファルラーンが本当に王弟殿下であるのか、そしてオーディションのことも含め、直哉の仕事に口利きをしたのか、すべてをきちんと彼から聞きたいと思ったのだ。

嘘《うそ》を言わない男のはずだ。聞けば、教えてくれるのはわかっている。わかっていたから、今まで聞けなかった。会う約束はしていなかったが、今はとにかく彼に会いたい。彼に会えば、この絡まった思いが少しでも解消されるような気がした。

ファルラーン、本当のことを教えてくれ――。

だがそんな直哉の悲痛な思いも通じなかったのか、ホテルにいたのは側近のサリードだけだった。

「ファルラーン様は今夜、取引先との会食に出掛けられています」

ロイヤルスイートルームの広いエントランスまで迎え入れられたが、ファルラーンは不在だった。

「お約束をされていましたか？」

「あ、いえ……」

その答えに、サリードが少しだけ困った表情をした。

「そうですか……。こちらでお待ちいただきたいところなのですが、本日は先客がいらっしゃいまして、直哉様をお迎えできる部屋がございません。もしよろしければラウンジにお席をご用意させていただきますが……」

来客――。

この半年間、この部屋で他の誰かとかち合ったことがなかったので失念していたが、ここはファルラーンの仕事場でもある。来客は充分あり得ることだった。

「いえ、そんなに急ぎではないので……」

直哉は慌てて断った。同時に連絡なしで来てしまったことを後悔する。

「また改めて伺います」

「サリードさん」

突然部屋の奥から男性の声がした。声のしたほうへ視線を向けると、リビングからバスローブ姿のすらりとした青年が現れた。青年は直哉の存在を認めると、驚いた様子で口を開いた。

「あ、すみません。来客中でしたか。失礼いたしました」

美しい青年だった。それこそどこかの俳優かモデルのようにも見える。シャワーを浴びたのか、髪がまだ濡《ぬ》れているのがわかった。だが一番驚いたのは、その青年が日本人か、または日系であることだった。

青年は直哉に小さく頭を下げると、そのまま奥へと消えていった。

彼は誰――？

どうしてファルラーンの部屋でバスローブを？

シャワーを浴びて、バスローブを羽織る。その一連の行為に思い当たるものは一つしかなかった。

ファルラーンの愛人――。

ひやりとした。足元がぐらぐらと揺れているような感覚に襲われる。

「あ……サリードさん、ごめんなさい。また出直します。ファルラーンには僕が訪ねてきたことは言わないでください。大した用事ではなかったので。では、失礼します」

「あ、直哉様！」

背後でサリードの声が響いたが、直哉は振り返ることなく、エレベーターに乗り込んだ。すぐにボタンを押し、ドアを閉める。

バスローブ姿の青年の姿が脳裏から消えない。しかも彼は直哉と同じ日系だった。

「ファルラーン……日系人が好きなだけだったんだ。っ……僕が日本人だったから、きっと声を掛けたんだ……」

エレベーターの壁に背中を預ける。視界は涙でぼやけ始めていた。

「僕って……莫迦だなぁ……」

いつの間にか直哉自身を好きでいてくれると思い違いをしていた。そんなことあり得ないのに――――。ラウンジバーで声を掛けられたのだから、容姿や人種で選んだのは明らかだ。性格じゃない。それなのに、いつの間にか直哉がファルラーンに恋するように、彼も自分のことを好きでいてくれるような夢を見ていた。

「莫迦だ……」

ファルラーンは直哉と付き合いながら、あの青年とも付き合っていたのだ。恋人同士ではないのだから、二股《ふたまた》されていても文句は言えない。ただ、直哉がそういった経験がなかったから、想像もしていなかった。

自分はファルラーンの愛人の一人でしかなく、彼が他の愛人と何かをしていても文句が言える立場ではないことを思い知らされた気がした。

「本当に莫迦だなぁ……」

無機質な箱はフロントの階に到着する。直哉は涙をハンカチで拭くと顔を伏せて、早々にエレベーターを降りた。エントランスへと足早に移動する。

当初は、ファルラーンが王弟殿下であることと、また直哉に仕事を内緒で斡旋したのかを確認したかった。だが更に、今は自分がファルラーンの唯一の愛人でなかったことにもショックを覚え、何をどうファルラーンに尋ねたらいいのかもわからなくなってしまった。

知らなかったことが多すぎて――。

騙《だま》されていたのだろうか。そんな風には思いたくないが、直哉はあまりにもウブすぎて、彼にとったら他愛もない恋愛ゲームの相手だったのかもしれない。

「っ……」

嗚咽《おえつ》が漏れそうになり、唇を嚙み締めた。

外へ出る。そのまま夜空を見上げると、高層ビルの奥で星の薄い光がちらちらと見えた。

一人だ――。

そう思った時、先日突然ファルラーンに呼び出された夜も、同じ思いを抱えて星を見上げたことを思い出す。

あの時も孤独を胸のどこかに抱えていた。ファルラーンと一緒にいることで、その孤独を癒やしていたつもりだったが、結局は、直哉が求めていた形とは違ったものだったのだろう。当たり前だ。愛人という歪《いびつ》な関係なのだから、すべてが偽りのものに違いないのに、そこに癒やしを求めてはならなかったのだ。

いつか終わりがくるものなのに――。

つっと涙が直哉の頬《ほお》を滑り落ちる。

一人――。

この混沌《こんとん》とした世界の坩堝《るつぼ》に、たった一人で生きているのを感じずにはいられない。

「ファルラーン……」

直哉の呟きが街の喧騒《けんそう》に掻き消された時だった。

「あれ？　直哉、こんなところでどうしたんだ？」

いきなり声を掛けられる。しまったと思いながらも無視もできず、振り返った。するとそこにはウォーレンが立っていた。たぶんファルラーンのところへやってきたのだろう。

「ウォーレン……」

泣き顔を誤魔化すように慌てて涙を指先で拭《ぬぐ》う。だが涙を消すには間に合わず、ウォーレンがすぐにやってきてしまった。

「え？　どうしたんだ、直哉」

涙を見られ、逃げ出したくなるが、ここでそんなことをしたら更に不審に思われるので

ぐっと堪える。だが結局はそんな直哉をやはり不審に思ったのだろう。ウォーレンは直哉の手を摑むと、片手で器用にどこかへ電話をし出した。

「あ、慧？　俺だ。少しヤボ用ができた。あと一時間くらい遅くなるがいいか？　え？　今すぐ来い？　いや、それはちょっと……。いや、そうじゃないが……、友達が困ってるからさ。え？　ああ、すまない。じゃあ、また後で連絡する」

などと目の前で直哉の都合も聞かず、相手との約束を変更してしまった。これではさすがに直哉もこのまま逃げるのは気が引ける。

「直哉、ちょっとコーヒーでも飲まないか？」

優しく笑って誘われる。昔からウォーレンは困っている人間がいると、すぐに手を差し伸べる男だった。意外としたたかで、お調子者のところがあるが、そういった面倒見の良さで、昔、撮影所でも人気があった。そんなことを思い出し、直哉は苦笑した。

「……まいったな。君には見られたくなかったのに」

するとウォーレンは小さく笑ってそれに答えた。

「俺も見たくなかったよ。でも、ここで直哉に会うってことは、ミスターに会いに来たんだろう？　はぁ……絶対あんたたちの恋愛関係には触れないでおこうと思っていたのに、こういう登場の仕方をされたら反則だろ」

「何が反則だ」

「ま、いいさ。ちょうどコーヒーが飲みたかったんだ。少し付き合ってくれよ」

ウォーレンに強引に手を引っ張られる。こうやって無理やり聞き出すという形をとってくれた彼にそっと心で感謝した。きっと今、一番話を聞いてほしかったのは直哉自身で、それを直哉が言い出せないのもウォーレンにはわかっているのだ。

「……ありがとう」

直哉は聞こえないほどの小さな声でウォーレンの背中に礼を言った。


いつもとは違うカフェに入る。カフェといっても夜の時間はバーに変わるようで、ほとんどの客が酒を楽しんでいた。そんな中で、男二人がコーヒーを頼むと、店員がつまらなそうにレジ横のカウンターにコーヒーを出す。それを持って、ちょうど空いていた奥まった場所の席に座った。

「あまり時間がないから率直に聞くが、ミスターと何かあったのか？」

席に着くなりウォーレンが口を開いた。その声に直哉は顔を上げる。まずはウォーレンに確かめたいことがあった。

「……ウォーレン、君、ファルラーンがデルアン王国の現国王の弟にあたる王族だって知っていたのか？」

途端、彼の表情に困惑の色が浮かぶ。だがすぐに首を縦に振った。

「ああ、知っていた」

「どうして僕に黙っていたんだ？」

「……直哉が殿下の身分なんて気にしていないようだったから、言うまでもないと思っていたのさ。実際、気にしていなかっただろう？」

その通りだ。だが実際は気にしていない振りをしていただけだが、表面的にはファルラーンとの間に一線を引いていた。それがこんな秘密を孕《はら》んでいたとは思ってもいなかった。

「気にしていないというか……さすがに王族だとは思っていなかったし、王族だと知っていたら、こんな不毛なことを続けようとはしなかった……」

「不毛？」

ウォーレンの片眉《かたまゆ》がぴくりと跳ね上がる。その顔を見て、直哉はもう彼に正直に話すしかないと思い、重い口を開いた。

「今日、昼に君に会ったとき……言えなかったけど、僕たち恋人同士じゃないんだ」

「恋人同士じゃなかったら、何なんだ？　友達とか言うのか？」

「……あ、愛人関係なんだ」

「は？」

ウォーレンが驚いたように、これ以上ないくらい大きく目を見開いた。

「ちょっと待ってくれ、どこがどうなって、あんたたちは愛人関係なんだ？」

そうだ。確かに説明しないとウォーレンにはわからないだろう。

「その……僕が半年くらい前に結婚を考えていた女性に振られたのは覚えているだろう？」

「ああ、そんなことあったな」

「振られた夜、偶然ファルラーンに声を掛けられて、なし崩しに寝てしまったというか……。それでその後でお金を渡されそうになったんだ。それはいらないって断ったんだけど、愛人関係は続けることになったというか……」

とても話しにくい内容だ。話しているうちに背中が冷や汗でびっしょりになった。目の前に座っているウォーレンの表情もどんどんと複雑になっていく。

「僕としては……綺麗ごとかもしれないけど、愛人でも、金銭的な下心があって付き合っているみたいなことはしたくなかったんだ。金銭以外の繋がりもあると思っていたし、ファルラーンが僕を癒やしてくれるって約束してくれたのもある」

「予想外の情報が多すぎて、混乱するぞ。え？　だから恋人じゃないのか？」

ウォーレンの表情が厳しくなった。確かに親しくしている男が、自分の取引先の国の王弟と愛人関係だなどと聞くのは、気持ちのいいものではないだろう。

「……恋人じゃないよ。恋愛感情は成立していないから……。ウォーレンが不快に思うのも当然だと思う」

「いや、別に不快とかそういうのじゃなくて、勘違いというか、拗れ具合が訳のわからないレベルに達しているというか……。とにかく俺は混乱している」

「僕もある意味混乱している。愛人の立場なんだから、ファルラーンに僕の他に愛人がいたとしても何か言える立場じゃない。だけど、思った以上にダメージを受けたんだ……こんなの、おかしいのに」

「ちょっと待て、他の愛人って……ファルラーン殿下が付き合っている男は、今直哉だけのはずだぞ」

その言葉に先ほどホテルの部屋で、バスローブ姿でくつろいでいた青年の姿が思い浮かぶ。もしかしたらウォーレンも知らない相手なのかもしれない。ファルラーンが、仕事相手に自分のプライベートのすべてを告げているとは思えなかった。

直哉もファルラーンのプライベートなことは口にできない。先ほどの青年のことはウォーレンには言わないほうがいいと思った。

「もし、そうだとしても……彼は僕が一番嫌がることをしたんだ」

「嫌がること？」

「……仕事の斡旋をしてくれたようだ」

「別にいいじゃないか。仕事は幾つあってもいいだろう？」

「違う。さっきも言ったけど、仕事を貰うために寝たなんて思われたくないんだ」

「どうしてだ？　別に思われてもいいじゃないか？」

ウォーレンの言葉に直哉は首を横に振った。

「自己満足かもしれない。でもファルラーンに対しては誠実でいたいんだ……」

するとウォーレンが大きく溜め息を吐いた。

「それってさ、矛盾しているよな。愛人で恋愛感情はないって線を引いているのに、直哉、あんたはファルラーン殿下のことをとても大切に想っているんだろう？　それって、愛しているってことじゃないのか？」

「っ……」

ばれてしまった。混乱していたため、言葉を選び間違えてしまったようだ。容易にウォーレンに心を悟られてしまう。

「普通に恋人でいいだろう？」

「……彼の負担になりたくないんだ。愛人なら愛人でいいんだ。それに彼は王弟なんだろう？　そうなら益々恋人になんてなれない」

今までも相当身分違いだったのに、王族となったら、もう雲の上の人だ。

「直哉、もう一度聞くけど、結局、何があんたをそんなに傷つけているんだ？　混乱しているのはわかるが、自分で気持ちを整理してみないと、漠然としたことに傷ついているだけになるぞ？　そうしたらまったく解決はできない」

その通りだ。ホテルの一件があったため、動揺して訳がわからなくなったのは否めない。直哉は心を落ち着かせ、話し始めた。

「事の発端は、ファルラーンが、今度、かなり有名な脚本家が手掛ける仕事を僕に持ってきたことなんだ。僕は前から強くファルラーンにそういうことをしないように言っていたのに、彼は秘密裡《ひみつり》に動いていたみたいで……。それで酷くショックを覚えて……」

「みたいで……ってことは、殿下から直接聞いたわけじゃないってことだな？」

さすがウォーレンと言うべきか。鋭いところを突いてくる。

「……モデルの同僚から聞いた」

そう答えると、ウォーレンがすっと目を眇めた。普段は陽気な男なのに、途端、凄みを帯びる。

「本当に殿下が手を回したと思っているのか？　今夜ショックを覚えたってことは、今まではでは、あんたの仕事に一切関わってこなかったってことだろう？　どうしてそんな訳のわからない同僚のモデルの話を信じて、殿下の今までの態度を信じない？」

「だから、今夜本人に聞こうと思ったんだ……」

聞こうと思って行ったら、愛人とかち合ってしまった。それにファルラーンを信用できない理由が一つある。

「――ウォーレン、ファルラーンはずっと自分が王族であることを僕には黙っていた。起業家だって言ってそれ以上のことは言わなかった。だから……彼を信用しきれない自分がいる」

「直哉……」

「いや、信用うんぬんの話じゃないかもしれない。最初から、僕とは本当の身分を明かすほどの間柄じゃないと、彼は思っていたのかもしれない……」

するとウォーレンが何故か焦って訂正してきた。

「いや、それはない。いや、その……俺もよくわからないけど、殿下にも色々とお考えがあってのことだ」

「わかっている。もしかしたらいろんな理由があったかもしれないとも頭では理解しているんだ。ただ、それでも秘密にされていたという事実にうちのめされた。やっぱり僕からのベクトルと彼からのベクトルとでは熱量が違うのかな。愛人は愛人でしかないって気がしてくる……」

自分で話していて改めて悲しくなった。

「……それでがっかりしたら駄目なんだけどなぁ。愛人を希望しているのは僕だし……」

本音と建て前がバラバラだ。無理に恋心を抑えていた結果なのかもしれない。

　直哉は目の前の少し冷めたコーヒーにそっと口をつけた。薄い。いつものカフェのようにきちんとローストされておらず、ただの苦い水となり果てたコーヒーは直哉の喉《のど》を濁らす。それはウォーレンも一緒だったようで、彼はとうとうコーヒーカップをテーブルの隅へと移動させた。そして直哉に視線を向けてくる。

「だったら、今度会ったら、傷ついたって正直に言えばいいだろう？　殿下だって神様じゃないんだ。直哉がどう感じているか、何を考えているかなんて、すべてわかるわけがない。そういうのは一つずつ言葉を交わして構築していくものだ。そうじゃないのか？　一方的に責めるものじゃない」

「そんな関係性、僕たちの間にあるだろうか？　煩《うるさ》く言う愛人って、あまり好かれない気もする」

「卑屈になるなよ、直哉。俺も殿下のことをそんなに知っているわけじゃないけど、殿下は嫌いな人間に心を砕いたりしないお人だ。それだけははっきり言える。寿司レストランを貸し切ったり、部屋を空けて待っていたり、そんなこと……あんただからするんだろう？　そういうの、一つずつ拾って考えたら、おのずと殿下の気持ちもわかるんじゃないか？　悪いが、俺はわかるぞ」

「ウォーレン……」

　傷つくことを怖がっているだけじゃ駄目なのだ。自分も努力して、傷ついてもいいから、相手を理解しようとしなければ、関係は成り立っていかない。

「……ありがとう、一度きちんと考えてみるよ。僕は大人げなくも寂しがり屋で、歳《とし》ばかりとって頑《かたく》なになってしまって……。まったくポンコツだよな」

自分で自分にうんざりする。すると目の前の男がくすりと笑った。

「直哉は普段はポンコツじゃないさ。まあ、今は本当の恋愛をしているからポンコツなんだよ。人間、皆、そうさ。いいことじゃないか」

「いいことか……」

「当の本人は大変だと思うけどな。だが悩むってことは成長するってことだ。恋愛経験値が低かった直哉も少しはレベルアップするだろう？」

「そういう君は恋愛経験値が高そうでいいな」

「どうかな？」

ウォーレンは読めない笑みを浮かべた。

＊＊＊

翌日、直哉は事務所へ顔を出した後、発声練習を終え、ファルラーンが常宿にしているホテルへとやってきていた。

昨夜は、仕事に戻るウォーレンと別れ、直哉は気の向くまま格安のアパートメントホテルに泊まった。ブルックリンのアパートまで帰る気力がなかったのだ。

携帯の電源も昨夜から落としたままだった。万が一、ファルラーンから電話が掛かってきたら、上手く対応できる自信がなかったからだ。狭いシングルルームのベッドに躰を沈め、直哉なりにファルラーンのことを真剣に考えてみたが、この先どうしたらいいのか答えは出なかった。ただ、将来別れることになるとしても、ファルラーンに自分の気持ちや考えを正直に伝えるべきだし、彼の話も聞きたいと思って、ここまで来た。

いつも通り、ロイヤルスイートルーム専用のエレベーターに乗り、フロアへと向かう。目的の階でドアが開いたが、そこにはいつもの護衛役の男たちの姿はなかった。その代わりに、ロイヤルスイートルーム専属のコンシェルジュが立っていた。

「ミスター甘利《あまり》、お待ちしておりました。ミスターナディルからご伝言を承っております」

「伝言？」

直哉は足を止めた。

「はい、ミスターナディルがしばらく留守にされるとのことで、こちらのロイヤルスイートルームの鍵をお渡しするように言付かりました」

そう言って、コンシェルジュがカードキーを渡してきた。

「え……」

普通、とても手にできるような鍵ではない。困惑してコンシェルジュに視線を向けるが、男性は失礼しますと爽《さわ》やかな笑みを浮かべ、フロアにあるデスクへと戻っていく。

彼に聞きたいことはあったが、顧客のプライベートなことを口にするとも思えず、そのまま渡された鍵で、ロイヤルスイートルームへと入った。

いつもならサリードが迎えに出るが、本当に誰もいなかった。

「ファルラーン？」

声を掛けるが、直哉の声は広いエントランスに吸い込まれていく。直哉はいつもファルラーンが仕事をしているリビングへと向かった。だがやはりそこにも彼の姿はなかった。

どうしても良くないことを考えてしまう。

昨日ここで出会った青年と、どこか旅行へ出掛けてしまったのではないかとか。この鍵はあの青年と付き合うことにしたので、直哉に手切れ金代わりにくれたのだろうとか。

次々と後ろ向きな考えが、直哉の頭に思い浮かぶ。

どうしよう――。

胸が押《お》し潰《つぶ》されそうになる。呼吸さえも苦しくて、立っていられない。

ファルラーンがいなくなって、初めて自分がどんなに彼を愛していたか思い知らされた。諦められるような恋ではないのだ。

「っ……」

直哉はおもむろに鞄《かばん》から携帯を取り出し、昨夜から切っていた電源を入れた。立ち上げた途端、着信履歴が幾つも現れる。見ると、ほとんどがウォーレンで一度だけファルラーンから掛かっていた。

彼と上手く話せる自信がなかったので、電源を切っていたが、今となってはそれを悔やむしかない。

「ファルラーン……」

彼が今どこにいるのか聞こうと思って、電話を立ち上げるが、一瞬、指が止まる。もしまたあの青年が出たらどうしようという不安が脳裏をよぎったのだ。

「もう出たら、出ただ。くよくよ考えるのはやめよう」

直哉は思い切って電話を掛けた。だが直哉の勇気は空振りに終わり、聞こえてきたのは電話が繋がらないという機械的なメッセージだった。

「……ウォーレンに掛けてみよう」

気を取り直して、ウォーレンに掛け直した。すると今度はすぐに繋がった。

『直哉！　電話が繋がらないからどうしたんだと思ったぞ』

「ごめん。ちょっと電源切れちゃって……」

適当に言い訳をする。

『切れちゃって、じゃないぞ。アパートにもいないし』

「え？　アパートまで来てくれたんだ」

ウォーレンのその行動に少し違和感を抱く。何か緊急事態でも起きたのだろうか。不安に思っていると、ウォーレンが言葉を続けた。

『……ファルラーン殿下の母君が急病でお倒れになったそうだ』

「え！」

『元々、近日中には甥の結婚式に出席するために、デルアン王国に帰国する予定だったんだが、昨夜、緊急でお帰りになった』

「昨夜……」

では一度だけ掛かってきていたファルラーンの電話は、その知らせだったのかもしれない。

『俺が直哉に電話したのは、直哉がいろいろファルラーン殿下のことで悩んでいたのを知っているから、殿下が帰国する前に、どうにか話をさせたかったんだ』

「ウォーレン……」

ウォーレンの気遣いに直哉は言葉を失った。

『あ、ほら、俺、巻き込まれたくないからさ、直哉から直に殿下に話してもらいたかったんだよ。ちなみに俺は殿下には何も言ってないからな。薄情だと思うなよ』

「薄情だなんて思わないよ。それよりも知らせてくれてありがとう。そして昨夜電源切っていてごめん。また色々迷惑掛けちゃったな」

『で……少しは落ち着いたか？』

ウォーレンの声が神妙になる。電源を切ったままにしていたのに、直哉の心配をしてくれている彼の優しさに感謝したくなった。

「ああ、大丈夫だ。ファルラーンの話をもっとたくさん聞いてみようと思う。僕もウォーレン、君がアドバイスしてくれたように、自分の想いを正直に言ってみるよ」

昨夜決めたことを素直に言うと、いきなりウォーレンが尋ねてきた。

『直哉、仕事、今休めるか？』

「え？　仕事？　事務所の仕事は、今週はない。オーディションは来週だし……。ダンスのレッスンは入っているけど……」

『レッスン、休めるか？　というか、休め』

「え？　どういうこと？」

『実は俺、今、デルアン王国にいるんだ』

「えっ⁉」

『デルアンに来いよ、直哉。ファルラーン殿下ときちんと話せ』

ウォーレンの声に、直哉は息を呑んだ。

◆　Ⅳ　◆

デルアン王国の首都、デュアンの中心部から車で一時間ほど離れたところに、アバダ国際空港がある。

デルアン王国はアラブ諸国の中でも、近代化をいち早く成功させた国で、この国際空港も中東一のハブ空港であり、多くの利用客でごった返していた。

直哉《なおや》は今、まさにその到着ロビーに立っていた。

「直哉、ここだ！」

声に導かれ、人混《ひとご》みの中に視線を彷徨《さまよ》わせると、ウォーレンの姿を捉《とら》えることができ、ホッとする。すぐに彼に駆け寄ろうとしたが、その後ろに忘れたくても忘れられない青年の姿があることに気付き、直哉は思わず立ち止まった。

「え……」

その青年はファルラーンの部屋でバスローブを纏《まと》っていた彼本人だったのだ。

直哉が躊躇《ためら》ったのをその青年が気付いたようで、彼のほうから直哉の前へとやってきた。どうしていいのかわからず、傍《かたわ》らにいたウォーレンを横目でちらりと見る。すると、青年が潔《いさぎよ》く頭を下げた。

「ミスター甘利《あまり》。申し訳ない。まずは謝らせてください」

「え……？」

青年はその綺麗《きれい》な顔を悲しげに歪《ゆが》めて、直哉を真《ま》っ直《す》ぐ見つめてくる。

「言い訳をさせてくれないでしょうか」

「言い訳？」

「ええ、ウォーレンから話を聞きました。あなたは私のことをファルラーン殿下の愛人だと誤解されたんですよね？　本当に申し訳ない。あれは私の不徳の致すところです」

近くで見ると、彼の美貌《びぼう》が際立つ。思わずまじまじと見つめていると、彼が苦笑した。

「まず、私があそこにいたのは、ファルラーン殿下に、甥《おい》にあたるアルディーン……カフィール殿下の結婚式の招待状を届けに行ったからです。本来なら、もう一人の甥、シャディール殿下が届けに行かなければならなかったところ、都合がつかず、ファルラーン殿下とも面識がある私が代わりに参りました」

そこまで聞き、直哉は彼がデルアン王国の関係者であることを知る。

「あそこでシャワーを浴びていたのは長旅で疲れただろうとファルラーン殿下にお気遣いをいただいたからです。殿下はそのままビジネスでお出掛けになられ、私はここにいるウォーレンの迎えを待っていました」

「ウォーレン？」

直哉は改めてウォーレンに顔を向けた。

「ああ、直哉に会った日、ファルラーン殿下の部屋で待っていたこいつを迎えに行く途中だったんだ。前に言ったことがあると思うが、こいつ、俺のパブリックスクール時代からの友人で、慧《けい》っていうんだ」

その言葉で、直哉はピンときた。

「もしかして、ウォーレンの会社のコーディネーターで、少し前にデルアン王国へ出張してそのまま居着いてしまったっていう……」

そう言いながら青年に視線を戻すと、彼が小さく笑った。

「改めて自己紹介をさせてください。須賀崎《すがさき》慧と申します。あなたと同じ日本人です」

慧と名乗った青年が右手を差し出してきたので、直哉は慌てて握手をした。

「あ、僕は甘利直哉です。ウォーレンとは数年前に、仕事先で知り合って親しくしてもらっています」

「ウォーレンから時々あなたの話を伺っていました。今回改めて、ファルラーン殿下の恋人でいらっしゃると聞いて、本当に申し訳ないことをしたと反省しておりました。私と殿下との間には何も疚《やま》しいことはありません。誤解をさせるような言動をとってしまい、本当にすみませんでした」

　再び慧が頭を下げる。

「いえ……僕も誤解して申し訳ありません。少し気も動転していたし、みっともないところをお見せしたんじゃないかと思うと恥ずかしい限りです。どうぞ頭を上げてください」

　直哉の声に慧が頭を上げる。

「ありがとうございます。これからもウォーレン共々、私ともお付き合いください。あと、もしよかったら、私のことは慧と呼んでください」

「あ、こちらこそよろしくお願いします。僕のことも直哉と呼んでください」

　感じの良《い》い青年、慧に、直哉もホッとした。するとウォーレンが二人を促す。

「さてと、誤解も解けたということで、まずはシャディールの宮殿へ行くからな」

「あ、ファルラーンは？　それに母君のご容態は？」

　直哉は一刻でも早く会いたい彼の名前を出した。

「ああ、殿下は皇太后陛下の宮殿へ行かれている。それでわかったことなんだが、皇太后陛下はどうやら仮病を使ってファルラーン殿下を無理やり呼び出したようなんだ。殿下も呆《あき》れられていた。皇太后陛下への挨拶《あいさつ》を終えたら、戻っていらっしゃる予定だ」

　皇太后陛下……。

　その言葉からファルラーンが現国王の同母兄弟であることを知る。王族というだけでも直哉にとってはとても遠い存在に感じるのに、現国王と母親が一緒だと聞き、改めて彼が直哉とはまったく違う世界の人間なのだと思い知った。

その事実に、一瞬愕然としたが、すぐに大きく首を振る。

駄目だ。怖気《おじけ》づいたら絶対駄目だ。彼が王弟殿下だってことは、もうわかっていることなのだから、もっと気持ちをしっかりしないと――。

直哉は挫《くじ》けそうになる自分の心に発破を掛けた。

空港からウォーレンが運転する車に乗り、市街地へと向かう。フロントガラスの向こう側に砂漠の中に聳《そび》える高楼が見えた。首都、デュアンだ。

直哉は自分の膝《ひざ》の上に置いた拳《こぶし》をきつく握り締めたのだった。

＊＊＊

その頃、ファルラーンは首都の皇太后宮で母と会っていた。

首都の郊外にある皇太后宮は十年ほど前に建て替えられた、太陽の光が美しく反射する白亜の宮殿だ。メイン・ファサードを中心にして四つの翼棟を持つ離宮で、それぞれの翼棟に故前国王の四人の妃《きさき》が住んでいる。

その東の翼棟に住んでいるのが、ファルラーンの母、ラティファだ。黒のアバヤに身を包み、しかしその下に着ている衣装はもちろん豪奢《ごうしゃ》で、宝飾品でその身を飾り立てていた。

　対してファルラーンも真っ白なアラブの民族衣装を纏い、アメリカにいる時とはまた違った高貴さを充分に醸し出している。

「ファルラーン、アメリカに五年も暮らし、そろそろ飽きてきたのではありませんか？」

　ラティファがカウチに凭《もた》れ掛《か》かりながら、口を開く。

「飽きませんよ、母上。あなたが仮病など使わなかったら、結婚式ぎりぎりまでアメリカにいるつもりでしたよ。それにしても、仮病とはまた新しい手をお使いになりましたね」

　ファルラーンの答えに、ラティファが面白くなさそうに溜《た》め息《いき》を吐いた。

「はぁ……、それはあなたがまったくわたくしに会いに来ないからでしょう。親不孝な息子だわ。わたくしが病気にならないと顔を出さないとは」

「アメリカでの生活も忙しいですからね」

「そうやっていつまでアメリカにいるつもりです？　そろそろ結婚なさい。男がいいと言っていたけど、それにもそろそろ飽きたでしょう？　実はさる筋からあなたの妃にどうかと、綺麗な女性を紹介されたのよ。あなたも写真を見てみなさい」

　そう言ってラティファは女官にタブレットを持ってこさせる。どうやら写真はそのタブレットに入っているようだ。ファルラーンはそれを見る前に断った。

「母上、結構ですよ。私は女性には興味ありませんから」

「あら、でももういい加減、男も飽きたんじゃない？」

「飽きた飽きないの話ではありません。あなたもクマと結婚しろと言われても、できないでしょう？　それと同じです。私は女性とは結婚できません」

「クマって……酷《ひど》いことを言うのね。本当にあなたのお兄様方は皆、わたくしに孫を見せてくれているというのに。どこで育て方を間違えたか……」

ラティファが軽く額《ひたい》に手を当てる。

「育て方の間違いではないですよ。それに兄上たちがいるのですから、私に結婚や孫の期待をしないでください。母上」

ファルラーンの声に、ラティファの麗容な眉《まゆ》の片方が跳ね上がった。

「ファルラーン、あなた、今、いい方がいらっしゃるの？」

「ええ、いますよ」

「男なの？」

「女性とは付き合えませんからね」

「……一度紹介しなさい」

「それはお断りします」

きっぱりと笑顔で断る。母に紹介したら、纏まる縁も纏まらなくなる。特に直哉は元々遠慮がちだ。母に何か言われた途端、ファルラーンから離れてしまうに違いない。

「どうしても？」

母がにっこりと笑う。

「ええ、どうしてもです」

にっこりと、ファルラーンも笑顔で対応した。すると母の顔が急に真顔に戻る。

「頑固ね」

「ええ、あなたの子供ですから」

二人は、しばし対峙《たいじ》する。きっと第三者から見たら二人の間にバチバチッと音を立てた派手な火花が見えただろう。

「はぁ……もういいわ。この話は埒《らち》が明きませんからね。それはそうと、ファルラーン、カフィール殿下の結婚式まで二日間、こちらへ泊まりなさい。いいですね」

カフィールとはアルディーンの公式の名前だ。彼自身が気に入って使っているアルディーンという名前で呼んでいるのは、親しい者だけで、公にはカフィールと呼ばれている。

「え？　母上のところにですか？」

シャディールと慧のところへ泊まろうと思っていたので、この申し出は迷惑でしかない。しかもウォーレンの話だと、直哉がデルアンへ来るとも聞いている。こんな母の離宮で隔離されている場合ではなかった。

「ええ、こちらのゲストハウスに泊まりなさい。普段、親不孝極まりないことをしているのですから、この国に戻った時くらい、この母に親孝行をしても罰は当たらないでしょう？　積もる話もありますしね。それにあなたもいい大人なのですから、普段失礼をしているところにも、この機会に挨拶へ行くべきですよ。それとも、何か問題でもおありかしら？」

「……いいえ。わかりました、母上」

昔からまったく息子の話を聞かない母には到底敵《かな》うはずもなく、ファルラーンは溜め息を吐いた。

＊＊＊

デルアン王国の首都から少し離れた東部に、彼、慧が身を寄せているという、シャディールの宮殿があった。

直哉が聞いたところによると、デルアン王国では成人した王子であれば、自分の宮殿を持っても構わないことになっているらしい。

目を瞠《みは》るような豪奢な宮殿に、アラブ人でもない、自分と同じ日本人である慧が、我が物顔で入っていく様子を見て直哉は感心するしかなかった。

凄《すご》い……慧、こんな映画のセットみたいな宮殿に……。まったく違和感ない。

直哉が入っていいのか躊躇っていると、ウォーレンも慧ほどではないが、慣れた様子で入っていくので、その後を追って進む。エントランスを抜け、客間であろう部屋に入ると、そこには日差しに照らされて、きらきらと輝く金の髪をしたアラブ人の青年が立っていた。ハーフだろうか。東洋と西洋のいいとこ取りのようなその青年に慧が近寄り、そして直哉に振り返った。

「直哉、彼がデルアン王国、第六王子シャディール・ビン・サディアマーハ・ハディル。私のパートナーです」

第六王子？　パートナー？

慧の言葉に直哉が驚いていると、慧は直哉に構わず紹介を続ける。

「シャディール、彼が直哉甘利」

するとシャディールと呼ばれた青年が直哉に一歩近づいた。

「よろしく、君が慧のバスローブ姿を見た罪人か？」

「え？　ええ？」

いきなり罪人と言われて、直哉は動揺する。すると横から慧が呆れた声を出した。

「こら、シャディール、冗談を言わない。君の冗談は時々冗談に聞こえないし、直哉は初

対面なんだから、そんな挨拶はないだろう？　ごめんなさい、直哉」

「あ、い、いえ……」

慧に謝られても、与えられた情報量の多さに頭がついていかない。

「ほぉ……慧、お前はこの男をファーストネームで呼ぶほど仲が良くなったというのか？」

「シャディール、ややこしくしないでくれ」

慧がとても王子に対しての口の利き方ではない言い方で制止する。

パートナーってそういうこと？

直哉がようやく理解し始めたところにウォーレンが説明してくれた。

「慧の恋人がこのシャディールさ。俺も含めて、三人ともイギリスの同じパブリックスクールに在学していた、古い付き合いなんだ。シャディールは二学年下だったけどな。ついでに言うと、俺が恋愛沙汰《ざた》に巻き込まれて大変な思いをした二人が、これ」

これ、と言いながら、ウォーレンが二人を示した。

「別に大して迷惑は掛けてはいないと思うが？」

綺麗な顔で慧がウォーレンを睨《にら》む。凄みが増して直哉も少し震えてしまった。

「慧、直哉も怖がっているぞ」

ウォーレンが面白がって注意すると、慧が慌てて笑みを浮かべた。

「あ、申し訳ない。ウォーレンのことは気にしないで。ついでにシャディールの莫迦《ばか》な発言も気にしなくていいから」

　慧の言葉にシャディールの顔がムッとするのを直哉は見逃さなかった。何となく少しだけ笑ってしまった。王子という雲の上の人が、意外と人間っぽいことに安堵《あんど》したというのが正しいのかもしれない。当たり前なのだが、同じ人間なのだと心から理解した。

　そうだ。ファルラーンも同じ人間なんだ……。

「あ、いえ。こちらこそ、色々と驚いてしまってすみません」

「大抵は皆、驚くよ……。でもこうやって一人ずつでもシャディールとのことを言える人が増えるのは嬉《うれ》しいかな」

「慧……」

　そう呟《つぶや》いたのは隣にいたシャディールだ。その声だけで、彼がとても慧を大切にしていることが直哉にも伝わってくる。

「はいはい、そこまで。お茶くらい出してくれよ。あと、座ってもいいか？　俺がここでぞんざいな扱いをされるのは慣れているが、直哉はアメリカから到着したばかりだぞ」

　ウォーレンの言葉に、慧は苦笑してソファーに座るよう促してくれた。シャディールは使用人に声を掛け、お茶の用意をさせる。二人のそのてきぱきとした様子が普通のカップルそのもので、彼らの仲睦《なかむつ》まじさに直哉の胸が何とも言えない温かな気持ちに包まれる。

彼らを見ていたら、ファルラーンとの恋を諦《あきら》めなくてもいい、彼に振られる日が来るまで、一緒にいてもいいんだと勇気を貰《もら》えるような気がした。

そんなことを考えていると、シャディールと目が合う。すると彼が口を開いた。

「先ほど、ファルラーンから連絡があった。皇太后陛下に捕まってしまって、結婚式当日までこちらに顔を出すことが難しいらしい。この国に来た直哉のことを心配していたぞ。それと電話も難しいらしい。皇太后にしっかり見張られているようだ。直哉の電話に連絡を入れたら、探知されて、直哉に何かしてくるかもしれないとも言っていたな。まあ、結局は君の心配ばかりしていた。愛されているな」

「え……は、はい……」

思わず頷《うなず》いてしまった。すると横からウォーレンが言葉を足す。

「あの皇太后は積極的にファルラーン殿下に嫁を娶《めと》らせようとしているからな。直哉の存在を知ったら、何かしら茶々を入れてくるかもしれんな」

直哉も、ファルラーンの母の話を思い出す。

『女と結婚しろと煩《うるさ》く言われ、五年前、とうとうアメリカまで逃げてきてしまった』

――もしかして、今度こそ逃げきれず、結婚させられてしまうかもしれない。

直哉の背筋がぞっとする。するとそんな直哉の手をそっと撫《な》でる手があった。慧だ。

「直哉、心配かもしれないが、ファルラーン殿下なら大丈夫だ。皇太后陛下の思惑通りにはならないよ。君はしばらくウォーレンとここで滞在するといい。結婚式は明後日《あさって》なんだ。それが終われば殿下も無事に戻ってくる。私たちも協力するから心配しないで」

「慧……」

自分より年下のはずなのに、しっかりとした青年をつい見つめてしまう。この四人の中で自分が一番年上だというのに、こんなことでは駄目だと心の中で自分を叱咤《しった》した。

「ありがとう。心強いよ」

笑顔で答えると、慧も笑顔で応《こた》えてくれる。更に――。

「直哉、慧が綺麗だからと、あまり見つめるな。それは私のだ」

そんなことをシャディールが真面目《まじめ》な顔で言うので、ウォーレンと一緒に思わず笑ってしまった。

「まったくお前は慧のことに関しては狭量だな。カフィール殿下もそうなのか？」

ウォーレンがかなり気安い様子でシャディールに尋ねた。

確かカフィールというのは、シャディールの異母兄で第五王子のことだ。明後日の結婚式の主役の一人である。直哉は頭の中で整理する。

「私はあそこまで酷くはないぞ。あの男は性質《たち》が悪いからな」

シャディールが笑いながら言う様子から、どうやら第五王子とは仲が良いようだ。

「だが、子供の頃から一途《いちず》に花嫁になる王女を愛し続けていたというじゃないか？」

「まあ、それはあの男にしては驚きだがな。アルディーン……ああ、カフィールのことだが」

シャディールが一言断ってきた。どうやら二つ呼び名があるらしい。

「奴《やつ》も自分の純情さを私に知られるのが嫌だったようで、王女に会いに行くときは、旅行を装《よそお》って出掛けていたんだ。あまりに頻繁に行くから、私もおかしいなとは感じていたんだが、まさかずっと求愛していたなんて思ってもいなかったさ」

微笑《ほほえ》ましい話だ。カフィールという王子のことはよく知らないが、そこまで愛され、そして求められた王女がとても羨《うらや》ましい。明後日の結婚式はきっと幸せな二人が見られるのだろう。

「ということで、明後日はデルアン王国挙げての第五王子の結婚式になる。商店もすべて休みになるから、観光をするなら今日か明日にしておいたほうがいいぞ」

シャディールに言われ、直哉はウォーレンと顔を合わせる。

「気晴らしに適当に観光するか？　俺もあまり詳しくないけど」

あまり観光する気分でもなかったが、ここでじっとしていたら、もっとネガティブな感情を抱くのは間違いない。ウォーレンの申し出をありがたく受けることにした。

「甘えさせてもらっても、いいかな？」

「もちろんだ。それにちょっと気になる観光スポットもあるんだ。あとレストランも接待で使えるかどうか確認したい。それに付き合ってもらってもいいか？」

「いいよ。ありがとう、ウォーレン」

それから直哉は慧にしばらく滞在する部屋へ案内され、二日間、ウォーレンとあまり気乗りはしないが、デルアンの首都観光をしたのだった。

＊＊＊

「こっちだ、直哉」

アラブの民族衣装を着たウォーレンが手招きして人混みの中を進む。同じく正装として真っ白な民族衣装を着ていた直哉は、慣れない服装でついていくのが精いっぱいだった。

二日間、しっかりと首都の観光を済ませた直哉は、ウォーレンと二人、一般市民に開放された王宮の中にある広場に来ていた。一般市民といっても、入場できる人数は限られているとのことで、事前に選ばれた人間しか入れないところを、シャディールの取り計らいで、入れてもらえたのだ。

そのシャディールは身内として、慧はシャディールの側近として第五王子の式に参列している。まだ二人は公に結婚をしておらず、伴侶《はんりょ》としては参列できないので苦肉の策をとったようだ。

「あっちだったら、王族の方々が出入りするのが見える。ファルラーン殿下もいるはずだ」

「……ありがとう」

なんだかあまり気を遣われるのも恥ずかしいが、ファルラーンのアラブの装束で正装した姿が見られるというのも魅力的な話で、結果的にはやはりウォーレンに感謝するしかない。

二人して群衆の中を移動するが、あまりの混雑ぶりでウォーレンとは離ればなれになってしまった。直哉はとりあえずウォーレンが指していた『あっち』辺りに着いたので、そこで彼を待ちつつ、王族の到着を見物することにした。

王族だと思われる人々が王宮の正門から入り、エントランスで車から降りては王宮へと吸い込まれていく。そんな光景を柵越《さくご》しに、一体何度見たくらいだろうか。黒塗りのレクサスがエントランスに停《と》まった。

数人のSPらしき人物と共に、一人の男性が降りる。その優雅な物腰から圧倒的なオーラを感じ、観客の目が一斉にその男性に向けられた。

白いクーフィーヤから柔らかなウェーブを描く髪が零《こぼ》れる。

直哉は息を呑《の》んだ。

ファルラーン――――。

褐色の肌に秀でた鼻梁《びりょう》。理知的な光を宿す黒い瞳《ひとみ》――。四日ぶりに目にした彼は、上質な白いトーブに身を包み、ニューヨークで見ている姿よりも更に精悍《せいかん》に見えた。王族としての務めを果たしているからかもしれない。

ファルラーン……。

彼の姿を見ただけで、直哉の胸から熱いものが込み上げてきた。柵の向こう側に彼がいる。だがこの柵は直哉には決して乗り越えられない柵だった。物理的にも精神的にも。

ファルラーン――。

心の中で何度も彼の名前を呼んだ。すると彼が何かの拍子でこちらに視線を向けた。

「っ……」

スローモーションのように見えた。直哉の瞳が彼の瞳とぶつかると、彼の瞳がわずかに見開くのがわかった。同時に彼の唇が直哉の名前を呟いた。

「ファルラーン……」

直哉も彼の名前を口にする。だが歓声が凄くて、自分の声なのに聞こえないほどだった。

柵が二人の間を隔てているとしても、気持ちが通じ合ったような気がした。だが同時にその柵はファルラーンと直哉の身分差を決定付けている気もした。

好き――。

だけど好きだけでは乗り越えられないものがある。

ファルラーンはしばらくそこに立ち止まったが、王宮に入るように案内人に促されたようだ。双眸《そうぼう》を緩め、その場を去った。

ファルラーン――。

ファルラーンが王宮へと消えていく。彼の周囲には大勢の人間がいた。その中には側近であるサリードの姿もあった。

やっぱり駄目だ――。

直哉は自分の顔を両手で覆った。涙が溢《あふ》れ、どうすることもできない。

好き――。

好きだった――。

たぶん今までの中で一番愛した人。

ニューヨークの街角で一夜限りの相手から始まった関係は、いつか夢から覚めるように終わる運命だ。諦めなければならない恋もあると知らされた。

直哉は手の甲で涙を拭《ぬぐ》った。

「……諦めたくないって思っていたんだけどな」

そしてそのまま晴れあがった空を仰いだ。

その後、王宮のバルコニーに第五王子とその正妃が、広場まで祝福に駆け付けた国民のために姿を現した。

「カフィール殿下、おめでとうございます！」

「ハルキ妃殿下！」

周囲からは祝福の声が上がった。少し遠くからでもわかったが、大変仲睦まじく二人がバルコニーから手を振っている。

直哉は思わず、第五王子をファルラーンに重ねてしまった。彼の隣に立つというのは、あそこのバルコニーに立つのと同じ意味のような気がした。もちろん実際立つわけではない。それくらい大きな責任がのし掛かるという意味で、だ。

自分が駄目すぎて嫌になる。

もっと直哉が若かったら、飛び込めたかもしれない。だが年齢というものは人を保守化し、またその反面、知恵や知識も身に着けさせていく。多くの経験から警戒心が強くなるのも歳《とし》を重ねてきたゆえだ。

僕は三十歳を目の前にして、何をやっているんだろう――――。

途端、空《むな》しくなった。何もかも宙ぶらりんな自分に、自信なんて持てるはずがない。

ファルラーンの隣に立つ資格なんてなかった。恋人だと思っていたケイトでさえ直哉のことを釣り合わないと判断したというのに、ファルラーン相手なら尚更《なおさら》だ。

気落ちしていると、突然直哉の鼓膜に弾《はじ》けるような明るい声が響いた。

「よかった、やっと見つけた！」

「ウォーレン！」

いきなり後ろから背中を叩《たた》かれて、振り返る。

「はぁ……俺、この辺って言ったけど、後ろ姿、皆アラブ装束で、誰が誰だかまったく区別つかなくて、直哉を見つけるの、大変だったぞ」

「そうか、後ろ姿か。確かに皆似たような恰好《かっこう》だな。ごめん、ごめん」

「ま、俺も途中から、しっかり見物していたけどな。いざとなったら終わった後、電話で直哉に連絡すれば捕まるだろうし」

「あ、でも見つけてくれてありがとう」

それまで暗かった気持ちが、ウォーレンのお陰で少し浮上した。

「いいさ、それよりそろそろ帰ろうか」

ウォーレンの提案で、第五王子とその妃がバルコニーから去り、見物人も帰り始めていることに気付く。

「それにしても綺麗だったな」

「ああ、あのカフィール殿下があんなににやけた顔をしているのも初めて見た」

「あの殿下にもお会いしたことがあるのか?」

「数回だけどな。普段はなかなか食えない御方で、会うたびに胃がキリキリするぞ」

ウォーレンは胃の辺りをさすって示してみせた。

「さて、このまま王宮観光にでも行くか? 普段から公開している施設があるんだ」

「ここに来てから、アラビアン様式の建物に興味が湧《わ》いてきたから、ぜひ見たいな」

直哉はそのままウォーレンと一緒に広場を後にした。

＊＊＊

その夕方、直哉は待ち合わせの場所に立っていた。

昼間、王宮の見学をしていた時に、直哉の携帯にサリードから連絡が入ったのだ。

『直哉様。お会いになっていただきたい御方がいらっしゃいます』

サリードの言葉に、嫌な予感しかしなかった。だが、いつかは来るだろうと覚悟もしていた。

直哉はウォーレンとシャディールの宮殿へ戻った後、土産《みやげ》で買い忘れがあったと適当な言い訳をして再び外へと出掛けた。

待ち合わせの場所に立っていると、静かに黒塗りのリムジンが目の前に停まった。中からサリードが出てきて、直哉に車に乗るように促す。スモークガラスの向こうに誰がいるかまったくわからなかったが、直哉は言われるがまま乗った。

そこには黒いアバヤを着た女性が座っていた。裾《すそ》からいかにも高そうな黄金色のドレスがちらりと見えるところから、彼女の正体が大体わかる。彼女の向かい側に座らされると、一緒に乗ってきたサリードが口を開いた。

「直哉様、こちらの御方は皇太后陛下、ファルラーン殿下の御母堂でいらっしゃいます」

予想通りである。ファルラーンを結婚させたい母が、今、彼が付き合っている男に接触してくるだろうということは、何となくわかっていた。そして反対されることも。

「あなたがミスター甘利ね」

流暢《りゅうちょう》な英語で話し掛けられた。

「はい。甘利と申します。初めまして。皇太后陛下」

皇太后はその挨拶には反応せずにすぐに言葉を続けた。

「あなたも大体察していらっしゃるかと思いますが、ファルラーンと別れてくださらないかしら？」

予想はしていたが、ただの予想と実際言われたのではショックの大きさがかなり違う。

「あの子は昔から気まぐれで、わたくしの言うことに反抗する子なの。わたくしが無理に結婚話を勧めたばかりに、わざと男性と付き合うようになってしまったわ。だからいつか、また男性にも飽きてしまう。そうなるとあなたも捨てられてしまうでしょう？　あなたが傷つく前に、もう今から別れてくださらないかしら？　お互いにいい話だと思うのよ」

そう言いながら、サリードに視線を向けた。するとサリードが小切手を直哉に差し出してきた。金額は書かれていない。

「ファルラーンがあなたに掛けた迷惑料ということで、受け取ってくださらない？」

直哉はそっと目を瞑《つぶ》った。ニューヨークでお互いに孤独を癒《い》やし、温め合った。そこには優しさやぬくもり、愛があったが、迷惑などはまったくなかった。

直哉は自分の答えをもう一度噛《か》み締《し》め、皇太后を正面から見つめた。

「皇太后陛下、これは受け取れません」

直哉の答えに明らかな不穏な空気が流れる。

「……ミスター甘利。あなた、よくわかっていらっしゃらないと思うけど、わたくしたちにはそれなりの力があってよ？　無事にアメリカへ帰りたいのなら受け取りなさい」

彼女の声にゆっくりと首を横に振る。

「お金はいりません。ですが、ファルラーンとは皇太后陛下が仰《おっしゃ》る通り、別れます」

「口ではいくらでも別れると言えるでしょう？　あなた、お金を受け取らないというのがわたくしたちにとって、一番信用ならないことなんですよ。受け取りなさい」

「いいえ、受け取りません。皇太后陛下が信用なさらないと仰るのなら、僕がファルラーンと別れるということを誓約書にして、サインします。それでよろしいですか？」

「え？」

皇太后だけでなく、傍《そば》でやり取りを見ていたサリードも驚いた様子を見せた。

「いえ、本当は別れるという言葉も正しくないかもしれません。ですが、何と言う名前の関係であっても、彼と関係を持つのは今日で最後にしようと思います」

サリードが何か言いたそうにこちらを見ているのがわかるが、直哉は敢《あ》えて彼を無視し、皇太后だけを見つめた。すると彼女が吐息だけで笑う。

「物わかりのいい方なのね。そこだけは我が愚息の見る目を褒めるべきかしら」

「ただ、僕から一つだけ言わせてください。皇太后陛下、ファルラーン殿下は一時的な気まぐれで男性とお付き合いしているのではありません。貴女《あなた》様の思うようにはならないかもしれませんが、殿下の一番の幸せを願うのなら、無理に女性と結婚させようとなさらないでください。彼を幸せにできるのは、皇太后陛下のお気持ち一つだと思います。どうかファルラーン殿下を幸せにしてください。僕はそれだけで満足です」

「直哉様、お言葉が過ぎますよ！」

サリードが焦った様子で口を挟むが、直哉はそれでも皇太后から視線を外さず、見続けた。すると彼女がそっと息を吐いた。

「あなたの心がけは立派です。あとでサリードに誓約書を持たせましょう。それにサインをすることで、ファルラーンとの関係を終わらせなさい。あなたならもっとよい伴侶を見つけられましょう」

「ありがとうございます」

直哉は頭を下げた。

これで終わりだ――。

涙が滲《にじ》む。だが最後の最後に言いたいことは言えた。別れるという辛《つら》い選択をするのなら、せめてファルラーンが少しでも幸せになれるよう、できるだけのことをしたい。彼を守ることはできなかったが、彼の思いが少しでも叶《かな》えられたなら、それで直哉も幸せだと思った。

愛しているから――。

直哉が俳優として頑張ることに勇気を持たせてくれたのはファルラーンである。今の自分の生き方にも意味があるかもしれないと思わせてくれた。

とても大切な存在――。

大切だからこそ、彼の過去に受けた心の痛みを少しでも分かち合いたい。まったく力のない自分だが、それでも彼を守りたいと思ったのは紛れもなく本心だった。

だが自分はとんでもなく無知だったのだ――。

車のスピードが少しずつ緩む。もうすぐ停車をするのだろうか。直哉がちらりと車窓に視線を遣《や》ると、シャディールの宮殿の傍まで来たことがわかった。どうやら近くまで送ってくれるようだ。

やがて車が停まり、サリードが先に車を降り、直哉を先導する。すると降り際に、皇太后がぽつりと呟いた。

「母親というものは、愛する子供のためになら、悪にだってなれるのです」

アバヤから覗《のぞ》く彼女の目には何の感情も映し出されていない。ただ静寂のみだ。

直哉は深く頭を下げて車を降りたのだった。

◆ V ◆

直哉《なおや》はまだ慣れないアパートの急な階段をゆっくりと降りながら、チノパンのポケットから携帯を取り出し時間を確認した。仕事の時間まであまり余裕がない。直哉は今夜で、ホテルの最上階にあるラウンジバーのショーで踊るのを辞める。

俳優やモデルの卵ばかりが集まっているそこは、チップも貰え、かなりの手取りがあったが、直哉は例の舞台のオーディションに受かったのを機に、他にも仕事が舞い込むようになり、ここを辞めることにしたのだ。

ファルラーンが嫌がっていた仕事を、彼と別れてから辞めることになったというのは、何とも皮肉なことだが、直哉にとっても新たな一歩のつもりである。

もう――――デルアン王国から帰ってきて一ヵ月経《た》っていた。

この一ヵ月で、直哉は住《す》まいを変え、携帯の番号も変えた。もうファルラーンと繋《つな》がるものは何もない。すべてを真っ新《さら》にして、新しく人生を始めた。

デルアン王国から戻ってすぐに受けたオーディションは、メンタルがぼろぼろであったが、かえって仕事に集中できて、いつもよりよい結果を生むことができた。人生、意外と上手《うま》くいくこともあるのだ。事務所の同僚のモデルから嫌味を言われても、気にしないようにした。自分の実力だと思うことにしたし、もしファルラーンの手が回っていたとしても、これが最後の彼からのプレゼントとして捉《とら》え、だからこそ大切に育てて次のステップへと繋げていこうと思えた。

まるで夢から覚めたような気分だ。美しい夢は切なさを孕《はら》んだ棘《とげ》のように、まだ直哉の心に刺さったままだが、いつか直哉の心の一部となって生きていくはずだ。そしてそれは将来、直哉にとって大切なものへとなっていくだろう。

住まいはマンハッタンに移し、服のデザイナーの卵だという男性とシェアをしている。今のところ順風満帆だ。ファルラーンがいなくても、人生は上手く回っている。

「まあ、五階なのに、エレベーターがないのはちょっと辛《つら》いけどね」

階段を降り、直哉は新しい住まいであるアパートを振り仰いだ。ついでに星がほとんど見えない夜空が目に入った。

そういえば……、デルアン王国で皇太后陛下にお会いした後、夜道を歩いた際に見上げた空は、星がいっぱい輝いていたな……。涙で視界はぼやけていたけど——。

ふとそんなことを考えてしまい、直哉は小さく頭を振った。

忘れるにはまだ時間がいる。

無理に忘れようとしてもなかなか忘れることはできなかった。時間の経過だけが直哉の傷を癒《い》やす薬なのかもしれない。

直哉はそのままタクシーを拾うために大通りへと歩いた。

『どうして殿下を諦《あきら》めるんだ?』

デルアンを出国する際、ウォーレンが尋ねてきた言葉が脳裏《のうり》をよぎる。

『ここへ来る前は、諦めないって決めていたじゃないか』

そうだ。デルアンへ行く前は、ファルラーンを諦めたくないと思っていた。だが、デルアンで現実を目《ま》の当たりにして、それが自分のエゴであることに気付いた。

普通、少女は絵本の中の王子様に憧《あこが》れるが、その王子様とは結婚できないことを大人になるにつれて悟る。直哉は少女ではないが、あんなかけ離れた世界に生きるファルラーンを独り占めしようとした自分が、いかにもの知らずであったかがわかったのだ。

同じく王族をパートナーにしている慧《けい》とは似ているようで立場は全然違う。彼もシャディールと一緒になるまでには、きっといろんな障害があったのだろう。だが彼らは同窓生であり、長い時間を一緒に過ごしてきたため、絆《きずな》が強かったに違いない。それに比べて自分はどうだろう。一夜限りの相手から愛人になり、まだ付き合いも半年だ。圧倒的に時間も足りなければ、恋人という責任から逃れるために、彼と一定の距離を保っていた自分の不誠実さも嫌になる。

ファルラーンが幸せになってくれれば、それだけでいい――。彼が幸せであることで、直哉の心の傷も癒やされる。別れてよかったと思うことができる。

前向きに生きていこうと何度目かの決意をし、大通りを目指して歩いた。すると直哉のすぐ横を黒塗りのリムジンが通り、少し前で停車した。

直哉の鼓動が大きく爆《は》ぜる。

もう一ヵ月も経ったんだ。莫迦《ばか》な想像をするな――。

そう自分に言い聞かせ、止めた足を前へと動かした。すると目の前の車のドアが開く。そのまま長い脚が車から覗《のぞ》いたかと思うと、中から一人の男が出てきた。

「っ……」

思わず直哉は口を手で覆った。そうしなければ声が漏れそうだったからだ。

印象的な黒い瞳《ひとみ》が直哉を捉える。少しウェーブがかった髪が都会の風に揺れ、彼の美貌《びぼう》を晒《さら》した。そのミルクコーヒー色の肌がどれだけ熱を持っているのか、直哉は苦しいほど知っている。

「直哉――」

甘い声が直哉の胸を抉《えぐ》った。そこに立っていたのは、いつだって忘れることができなかった男だった。その男がゆっくりと近づいてくる。だが直哉は動けないままだ。

全身が震える。どうして彼がここにいるのか理解できなかった。アパートだって、携帯の電話番号だって変えた。ウォーレンにも連絡はとっていない。なのに――。

なのに、どうしてここに彼がいるのか――。

「私の名前を呼んでくれないのか？」

彼が寂しそうに小首を傾《かし》げた。途端、直哉の胸の奥から熱いものが込み上げてきた。我慢できず、熱が溢《あふ》れてしまう。

「ファ……ルラーン……っ……」

熱が声となって零《こぼ》れ落《お》ちた途端、きつく抱き締められる。背筋が大きくしなった。熱は声だけでなく涙としても外へと溢れてしまう。

「会いたかった、直哉――」

彼の唇が直哉の涙を拭《ぬぐ》うように寄せられた。すぐに近くで軽い口笛が聞こえる。それでここが公道で、誰かに冷やかされたことに気付いた。同時に我に返る。

直哉はファルラーンの肩を軽く押して、彼と距離を作った。

「……ぼ、僕はもうあなたと別れました」

一瞬であるが、ファルラーンがとても傷ついた顔をした。そんな表情は卑怯《ひきょう》だ。

「僕は半年間だけの愛人で満足です」

「直哉！」

彼の手が直哉の手首を摑《つか》んだ。そこから伝わる熱にさえも、直哉は涙が溢れるほど、愛《いと》

しさを感じた。でも駄目なのだ。情けない自分が露見し、益々《ますます》ファルラーンに不釣り合いだと思うしかなかった。

「――僕はあなたを守る力も何もないんです」

涙がまた溢れてしまう。こんなにも無力な自分を今まで悔いたことはない。せめてファルラーンを匿《かくま》うくらいの力があればよかった。彼一人を嵐《あらし》の中に立たせることなく、彼を支えることができるだけの力があればよかった――。

「何もできない自分を、こんなに悔しいと思ったことはありません……」

三十歳間近までぼんやりと舞台俳優を目指していたツケがこんなところで回ってくる。

「直哉、逃げないでくれ――」

ファルラーンに摑まれた手首が痛みを増した。

「逃げるって……」

「デルアン王国に私を置いて、一人で逃げたじゃないか。私と一緒に戦うことから逃げたんだろう?」

一緒に戦うことから逃げた――?

彼を置いて逃げたつもりはなかった。だが、結果的にはそうなのかもしれない。その事実に気付き、キリリと直哉の胸が痛んだ。己《おのれ》のことしか考えていなかった自分に思い至ったのだ。

「何故《なぜ》、私と一緒に、母やその他のしがらみと戦おうと思ってくれないんだ？　私はお前がいれば、どんな困難も乗り越えられるというのに……」

ファルラーンの声が少し震えていることを感じ取る。それで直哉は自分が何ということをしてしまったのかを察した。ファルラーンのために良かれと思ってしたことが、彼を傷つけていたことに、今更ながらに気付く。

だから僕は莫迦《ばか》だというんだ――。

ぎゅっと目を瞑《つぶ》ると、ファルラーンが再び手首を引っ張った。

「行くぞ」

「行くぞって……僕は今から仕事で……」

「例のどこぞの男たちが、いやらしい目つきでお前を視姦《しかん》するような仕事は、休むと連絡を入れておいた」

由緒正しい老舗《しにせ》ホテルのショーなのに、酷《ひど》い言い草だ。

「休むって……今日が最終日なんですよ。そんな勝手な……」

「もう事務所やホテル側には了承を得ている。今更お前が出勤しても困るだけだろう。さあ、行くぞ」

確かにあそこはビッグチャンスを掴む可能性が高い仕事先で、欠員待機をしている人間もいるくらいだ。今回もきっと直哉の穴を埋めるために、控えていた誰かが意気揚々とシフトに入るに違いない。ファルラーンの言う通り、今更出掛けていっても、迷惑なだけだろう。

直哉はファルラーンの言葉のまま、攫《さら》われるようにして車へと乗り込んだ。リムジンの広い後部座席にはファルラーンしか乗っていなかった。運転手は仕切りの向こう側にいる。そしてその助手席にはサリードが乗っているようだ。

「……どうしてここがわかったんですか？　ウォーレンにも教えていないのに」

彼が急に目の前に現れたことが不思議でならない。事務所に新しい電話番号は知らせたが、住所はまだ転々としていると言って、知らせていなかった。

「私の情報網を甘く見るな。それにお前には以前からボディーガードをつけてある。どこへ行っても私からは逃げられないさ」

「ボディーガード？」

「お前が私の幸せを願って身を引いたのはわかっている。だが、お前にとって私は『捨てることのできる人間』であったことに、傷つかなかったと言えば嘘《うそ》になる」

「ち、違います！　捨てたなんて……捨てたなんて言わないでください。あなたが王族、しかも王弟殿下とも知らずに、何処《どこ》の誰かもわからずにいたので、馴《な》れ馴《な》れしくしてしまいましたが、本当はそんなことができる立場じゃないって理解しただ……」

「私の身分など関係ない」

直哉の言葉を遮って、ファルラーンがきっぱりと告げた。だがそれは王族ゆえの傲慢《ごうまん》だ。一般の市民にしたら、そんなことが許されるわけない。

「関係あります。あなたには自覚がないかもしれませんが、王族なんて、とんでもない身分なんですよ」

「そうか。じゃあお前が嫌だと言うなら、私はこれからは王族との付き合いをやめよう」

「そういうことを言っているんじゃありません」

こんな貧乏人で、三十歳間近なのにニューヨークの端っこでまだ夢を追い続けていて、挙げ句の果てに結婚しようとしていた彼女にさえ振られた無力な男が、ファルラーンに相応《ふさわ》しいはずがないのに――。

「僕は、自分のエゴであなたを独り占めしたくて……愛してほしくて……身に過ぎた欲を抱いてしまったんです」

「エゴなどと……身に過ぎた欲などと言うな。私はお前に素直に願いを口にしてほしい。私に言えばいいんだ」

「え？」

「愛してほしいんだろう？　私に。なら言えばいい。私はお前の願いなら何でも叶《かな》えてやると、会った時から言っている」

どうしてこの男は心を揺さぶるようなことばかり言ってくるのだろう。せっかく決心した思いが揺らぎそうだ。直哉は両手の拳《こぶし》をぎゅっと握った。するとその拳に重なる手があった。ファルラーンだ。

「それにお前に乞《こ》われなくとも、私はお前を愛している。お前以外は何もいらないと思うほどにな……」

「っ……、どうしてあなたはそんなに聞き分けがないんですか？　僕はもう……」

「お前を迎えに来るのに一ヵ月も掛かったのは、デルアンにあった私の財産の処分に少々手間取ったからだ」

え――――？

その言葉に直哉は顔を上げた。目の前には優しい光を宿したファルラーンの瞳がある。

「しがらみは全部捨ててきた」

「捨ててきたって――――！」

驚きのあまり、直哉は思わずファルラーンの襟元に摑《つか》み掛《か》かってしまった。

この男はなんと莫迦なことを――――！

「だから、お前が私を捨てたら、私はどうしたらいいんだろうな」

そんなことを悠長に告げる男が信じられない。

「……こ、皇太后陛下は何と……」

「ああ、母上か。どうしてか、急に軟化してな。逆にお前なら伴侶として認めてもいいと言い出した。お前は母上に何て言ったんだ？　私もお前の母上の扱い方を見習いたい」

「は……？」

意味がわからない。

「母上はな、まだ私のことをしっかり理解したわけじゃないと言っていた。だが、私のことを地位や財産で判断するのではなく、一個人として見てくれる人間は貴重だと言って、お前を評価していた」

ファルラーンの襟元を握っていた直哉の手はそのまま彼の胸元へと力なく落ちる。

「皇太后陛下……」

アバヤの間から見えた皇太后の双眸《そうぼう》を思い出した。直哉は心の中でそっと彼女に頭を下げる。

「だからもう私を諦めるなどと言うな。私はお前がいなければ、何もできない男だ。カフェでベーグルサンドだって注文できない」

アメリカで事業を展開しているＣＥＯが何を言う、と文句を言おうとしたが、どうしても言葉が出てこなかった。出てきたのは嗚咽《おえつ》だ。

これ以上みっともない泣き顔を見られたくなく、直哉はファルラーンの胸に顔を押し隠す。すると彼の腕が背中に回った。そこからじんわりと優しい熱が生まれる。

「っ……あ……こんな夢と孤独に溢れたニューヨークで、あなたに会えて、僕、夢みたいだと思っていたんです。十二時になったら魔法が解けるように、いつか、あなたとの関係も切れてしまうって……いつも……いつも不安で……っ……く……っ……」

しゃくり上げるとファルラーンの手がそっと背中を撫《な》でてくれた。

「フッ……まったくお前は時々ロマンチストになるな。いいか、これは夢じゃない。十二時になっても私との関係が変わったりしない。私たちの間にあるのは魔法じゃない。運命だからな」

ファルラーンの唇が直哉の旋毛《つむじ》に触れる。とてもとても優しいキスだった。

「っ……莫迦だ……。あなたは王子様で、こんなの、映画の中でしかハッピーエンドにならないはずなのに――」

「そうか？　私は、ハッピーエンドは思うよりざらにあると思うぞ？」

「そんなことない……。現に僕は一度プロポーズに失敗している」

あの夜にファルラーンに会わなかったら、直哉の人生はきっとまったく違うものになっていただろう。男相手に恋をしようとは思わなかったし、もしかしたらまだ彼女に振られたことを引《ひ》き摺《ず》っていたかもしれない。

「それは間違った相手にプロポーズしたからさ」

「間違った相手……じゃあ、僕の本当の相手はファルラーンだったということですか？」

「ああ、その通りだ。よかったな。運命の相手に出会えて」

ファルラーンがウインクのサービス付きで自信満々に言ってくる。その様子がおかしくて、今まで泣いていたのに思わず笑ってしまった。

「はは……あなた、どこまで自信過剰なんですか」

「自信過剰？　まさか。お前に関しては、私の自己評価は最低だ。どうしていいかわからないことが多々ある。だがそれが新鮮でもあるがな」

苦笑して、まったく自信がなかったとファルラーンは言うが、実はそんなことはないと彼に教えることにした。

「でも、自信過剰というか、それで間違いないと思います……」

「直哉？」

「今回のことでわかったんですが、僕、あなたがいないと、本当にめちゃくちゃになるみたいです。ポンコツもいいところ。自分でも自分がコントロールできませんでした」

「直哉――――」

ファルラーンの黒い瞳が僅《わず》かに見開く。その美しい瞳に、直哉は告白した。

「好きです。ごめんなさい、今まで素直になれなくて。でも本当にあなたのことが大好きです。愛人だって口では言っていましたが、ずっとあなたのことを愛していました」

「わかっている。いつもお前の愛情はちゃんと私には伝わっていたよ」

そう言って、彼の唇がふわりと直哉の唇を塞《ふさ》いだ。直哉も目を閉じる。深いキスを交わし、そして何度もお互いを見つめ合った。

「ファルラーン、もし僕がいらなくなったら、きちんと言ってください。そうでないと僕はずっとあなたに付《つ》き纏《まと》いますからね」

「いらなくなるなんてことはないさ。だからずっと付き纏ってくれ。まあ、お前が私をいらない、別れると言っても離さないがな」

「離さないんですか？」

「ああ、お前を監禁するさ。二度と外へは出さない。だから私を犯罪者にしたくなかったら、別れるとは言わないことだな」

鋭い彼の双眸に、背筋がぞくっとした。恐怖なのかわからないが、それはやがて快感へと繋がっていく。

「……あなたを犯罪者にしないように気をつけます」

「そうしてくれると、ありがたい」

もう一度キスをした時だった。車が揺れ一つなく止まった。しばらくすると、ドアが外から開けられる。サリードがいつの間にか助手席から降りてドアを開けてくれたようだった。ファルラーンがちらりとサリードに視線を向けて直截に説明する。

「サリードが色々と動いたようだな。職権乱用と言いたいところだが、お前のことを知らせてくれたのも彼だ。悪く思うな」

「悪くなんて思いません。サリードさんがとりなしてくれただろうことはわかっています」

「だそうだ、サリード」

ファルラーンがサリードに声を掛けると、彼は黙ったまま一礼した。

「さて、行こうか」

ファルラーンが直哉に手を差し伸べてきた。

「あの、いつものホテルはあちらだと思いますが？」

「ああ、あのホテルとは近所だな」

それは街並みを見ればわかる。セントラルパークの鬱蒼《うっそう》とした黒い森の向こう側に、ファルラーンが常泊しているホテルがライトアップされているのが目に入るからだ。

アッパーイースト。富裕層しか住めない地域だ。セントラルパークが望める最高級アパートメントなど、とても一般庶民の手には届かない価格の物件が並ぶ高級住宅街である。

「どうしてここに……」

「私の新居だ。そろそろホテル住まいをやめようと思っていたからな」

「新居って……まさか、このエリアにですか？」

「先ほど、デルアン王国での財産を処分してきたと言っただろう？　金にできるものはすべて換金をしたのさ。ほとんどは投資ファンドにあてるつもりだが、残った金の一部でここを買った」

「買ったって……」

簡単に言うが、ここのエリアは、人気でなかなか手に入らないのもあって、価格もとんでもないことで有名だ。それを残った金の一部で買ったというのは……ファルラーンの総資産が怖くて聞けない。

「いい物件が出ていたからな。私は運がいい」

「確かにあなたが住むにはセキュリティがしっかりした治安のいいエリアでないと駄目ですけどね」

そう言うと、ファルラーンがおや？　という顔をした。そしてすぐに人の悪い笑みを浮かべる。

「ん？　何を言っている。住むのはお前もだぞ」

「ええっ⁉」

それこそ何を言っているんだ、この人はっ！

抗議しようとすると、彼のほうが早く口を開いた。

「慧のことを愛人と間違えたそうだな」

「うっ……そ、それは……」

あまり知られたくないことを口にされ、つい言《い》い淀《よど》む。

「お前が嫉妬《しっと》してくれるのは愛されている証拠で嬉《うれ》しい限りだが、そんな莫迦な思い違いで臍《へそ》を曲げられても敵《かな》わない。一緒に住めば、そんな誤解をしなくても済むだろう？」

「そ、それとこれとは別で……」

言い訳をしようにも、彼が畳み掛けるかのように言葉を足してきた。

「今回のことを踏まえて、私のところへ引っ越してくるいい機会だと思うぞ？」

「ですが僕は新しくアパートに引っ越したばかりで、急に引っ越したらルームシェアの相手にも迷惑を掛けますし……」

「ああ、それなら気にしなくていい。あれは私が手配したアパートだ。シェアしている男もこちらが手配した人間だ。だからまったく問題ない」

「は？」

「だから言っただろう？　お前にはボディーガードがつけてある。どこへ行っても私からは逃げられないとな。あのルームメイトはボディーガードのうちの一人だ」

「はあっ⁉」

思わぬ種明かしに頭が真っ白になる。

「さあ、行こうか。マイスイート」

何も考えられない腑抜《ふぬ》けた状態で、直哉はファルラーンに引っ張られるまま、新居があるという豪奢《ごうしゃ》なアパートメントへと入った。

ペントハウス、最上階のワンフロアをすべて占有した部屋からは、マンハッタンの見事な夜景が一望でき、ファルラーンが泊まっていたホテルに引けを取らないほどだ。

見知った使用人に迎えられ部屋に入った途端、そのままなだれ込むようにファルラーンと熱いキスを交わした直哉は、そんな素晴らしい景色を見る余裕もなかった。目の前の男、ファルラーンを見るのが精いっぱいだ。

心得た使用人はすぐに姿を消し、ファルラーンと二人きりになる。それを見計らったかのように、彼の手が忙《せわ》しなく直哉の衣服を脱がせにかかった。直哉も彼のスーツを脱がせる。一ヵ月以上、お互いの熱に触れられなかった寂しさを埋めるかのように、二人ともお互いを求め合った。

「ファルラ……ン……っ」

キスの合間に彼の名前を囁《ささや》けば、それに応《こた》えるかのようにまた深いキスで口を塞がれる。

「風呂《ふろ》に入ろう、直哉」

「風呂？」

「ああ、ここの風呂を見て、この物件に決めたくらいだ。お前も気に入るといいが」

そう言って、ファルラーンは直哉の手を引っ張り、バスルームではなく、リビングルームへと進んだ。日本で言ったら四十畳くらいありそうな広さだ。正面は全面ガラス張りで、マンハッタンの景色が絵画のようにぴったりと壁に嵌《はま》っていた。だがファルラーンはそこで足を止めることもなく、リビングの隅に設けられた螺旋《らせん》階段を上がった。直哉もあとをついて上がる。そして目の前に広がる光景に感嘆の吐息を零した。

「わぁっ……」

そこは屋上庭園になっていた。色とりどりの花と木々が植えられており、雨天でも楽しめるように、特殊な強化ガラスで覆われている。だが何と言ってもそこからの眺望があまりにも素晴らしかった。三百六十度のマンハッタンだ。

「凄《すご》い……」

マンハッタンの観光名所が幾つも見える。そして今夜は満月のようで、その満月が薄明るいマンハッタンの夜空に神々しく鎮座していた。

「この建物は、こちらからは外が見えるが、外からは中が見えないようになっている」

ファルラーンの説明に、ただただ頷《うなず》くことしかできない。

「あと、あちらにジェットバスがある。あれを見て、ここを買おうと決めた」

視線を移すと、ガラス張りの空間の隅にジェットバスがあった。

「露天風呂みたいだ……」

バスタブは、既にバスジェルの泡でもこもこになっていた。湯気が立っており、すぐにでも入浴できる状態になっている。更に傍《そば》にはバーカウンターまであり、マンハッタンの夜景を見ながらお酒が飲めるようになっていた。

「今夜はスーパームーンだそうだぞ」

それで、いつもより月が大きく見えるのかと納得する。改めて夜景に目を遣《や》ると、大きな満月が、ちょうどクライスラービルの頭上に輝いているのが目に入った。見知った建物に、直哉は双眸を緩める。

ここがニューヨークであり、そして隣にファルラーンがいることに幸せを噛《か》み締《し》める。

「……いつの間にか、この土地が自分の生活場所だと思うようになりました」

孤独が詰まった街だと思っていたのに、ファルラーンのお陰で優しさを感じる街となっていた。

「私もだ。三十年近く砂漠の国にいたのに、五年ほどしかいないここが懐かしく思える」

心のどこかに孤独を抱えた二人が、このニューヨークで出会ったことは奇跡に近いのかもしれない。

直哉がファルラーンに視線を遣ると、彼の視線とかち合った。彼がくすっと笑った。

「お前がいるからかもしれんな」

直哉の頬《ほお》が熱くなった。

「っ……先天的な誑《たら》しめ」

「だったら、いいがな。ああ、バスルームはここの他に通常のものもある。だが、今夜はここでいいだろう？　ここなら風呂に入りながら夜景を二人だけのものにできる」

「はぁ……贅沢《ぜいたく》すぎ」

「そうでもないと思うが？　お前は日本人のせいか、湯につかるのが好きだからな。バスタブが最重要案件なのは当然だ。お前と一緒に住むのだからな」

直哉のことを思って物件を選んでくれたファルラーンに、胸が甘く締め付けられる。改めて一緒に住むと言われたことにも、幸せが込み上げて、どうにかなりそうだった。

とにかく自分を落ち着かせるために、直哉は冷静になろうと努めた。

「……好きというか、湯につかるとむくみがとれるんですよ。あなたも僕と入るようになってから、むくみがとれたでしょう？」

「確かにな。それにこれなら、バスタブにつかった色っぽいお前を、シャンパンを飲みながら堪能《たんのう》できるというものだ」

もう頬が熱くて仕方ない。きっと顔が真っ赤になっているはずだ。

「……本当にあなた、僕のこと、好きですよね」

「お前は違うのか？」

「ああ、もう！　好きですよ！　恥ずかしいから何度も言わせないでください……んっ」

刹那《せつな》、引き寄せられ、噛《は》みつかれるような激しいキスに襲われる。その間にほとんど脱げ掛けていた衣服を剝ぎ取《と》られた。

「んっ……あ……」

直哉も彼のネクタイを乱暴に引き抜き、そしてシャツを荒々しく脱がす。月明かりの下、隆起した滑らかな筋肉に包まれた彼の躰《からだ》が照らし出された。堪らずファルラーンの唇を、直哉から奪った。

キスでこんなに心が震えるのは、相手がファルラーンの時だけだ。

好き――――。

愛している――――。

ファルラーンもその想《おも》いを受け止めたようで、男っぽい笑みを唇に刻んだ。

「今夜はお前の想いをしっかり聞かせてもらおうか」

そう言って、ひょいと直哉を抱えると、泡だらけのジェットバスへと身を沈めた。ファルラーンの膝《ひざ》の上に乗せられ、向かい合わせになるように座らされたかと思うと、すぐに脚の付け根に彼の指が伸びてきて、泡で見えないのをいいことに、悪戯《いたずら》される。

「ん……ファル……ラーン……あ……」

「ん？　何だ？」

蕩《とろ》けるような声で聞き返されながら、彼の指が直哉の劣情へ伸びた。

「もう勃《た》たせているのか？　まだほんの少し触れただけだぞ？」

「あなたが焦《じ》らすから……。もう一ヵ月以上もあなたに触れられなかったから……んっ」

「可愛《かわい》いことを言う」

泡まみれになった彼の手が、直哉の頤《おとがい》を摑み、キスを仕掛ける。もう片方の手は相変わらず直哉の下半身を触っていた。

ファルラーンの指がゆっくりと直哉の顎《あご》から首筋のラインを伝い、鎖骨をなぞるように触れる。

「あ……ファルラーン……」

焦れて声を出すと、それまで直哉の下半身に触れていた彼の手が直哉の乳首へと移る。そして両方の手で乳首を愛撫《あいぶ》された。乳頭を指の腹で押し込められたかと思うと、指の股《また》に挟まれ、くにゅくにゅと擦られる。

「んっ……あぁっ……」

泡まみれになった胸に、直哉の乳頭だけが彼の指の間から顔を出したような形で、激しく揉《も》みしだかれた。

「ふっ……あぁっ……そんなに捏《こ》ねないでっ……あ……」

ホイップクリームの先端のようにツンと尖《とが》った乳頭が、彼の指の股から赤みを帯びて主張している。その先端にファルラーンは柔らかく爪《つめ》を立てた。刹那、凄《すさ》まじい快感が直哉を襲う。

「あぁぁぁぁっ……」

ぷっくりと膨らんだ乳頭は敏感になっており、ファルラーンが何かをするたびに、直哉の腰が彼の膝の上で揺れた。

「色っぽいダンスだな」

躰を揺らすと、そんなことを彼が言ってくる。恥ずかし紛れに睨《にら》むと、彼が笑いながら直哉の胸に湯を掛けた。泡がゆっくりと湯船に落ちていく。泡の下から現れたのは硬く尖った薄紅色の果実だった。そのままファルラーンはその果実に唇を寄せると、軽く歯を立てた。

「んっ……」

ピリッとした刺激が直哉の脊髄《せきずい》を走り抜ける。直哉の喉《のど》が仰《の》け反《ぞ》るのを目にしながら、ファルラーンは飴玉《あめだま》のように直哉の乳頭を舌で転がした。同時に彼の指先が直哉の脇腹《わきばら》を滑り落ちていく。泡でまみれた指が、滑りがいいのに乗じて直哉の臀部《でんぶ》へと回る。そして秘めた蕾《つぼみ》を軽くノックした。

「あ……んんっ……」

いつものように彼の指を受け入れるために躰から力を抜く。するりと入った指は直哉の隘路《あいろ》を我が物顔で蹂躙《じゅうりん》した。

「あ……もういい……早く……早く、ファルラーンを……挿《い》れて……んっ……」

「待て、ゴムをつける」

「……つけなくて、いい」

「え？」

彼の動きが一瞬止まる。直哉は我慢できず腰を揺らして誘った。

「つけなくていいから、あなたの熱を直《じか》に感じたい……」

「くっ……まったく、お前はどこまで私を挑発するんだ」

「あなたを挑発できるなら、そんなに嬉しいことはないですよ」

「なら、お前から私を受け入れてくれるか？　お前の愛を感じさせてくれ」

切なげに見つめながら、まるで乞うように直哉の指先にそっと唇を押し当てる。乱れた前髪から覗く蠱惑的《こわくてき》な瞳が直哉を捉えて離さなかった。

「……っ……今夜は特別です……からね……っ……」

直哉は快感の火種が燻《くすぶ》り続けている躰をどうにか動かして、ファルラーンのすっかり勃ち上がっている屹立《きつりつ》に腰を下ろした。

「んっ……あぁっ……」

自分の体重でずぶずぶとファルラーンの楔《くさび》を呑《の》み込《こ》んでいく。彼を呑み込むスピードのままで最奥《さいおう》まで彼を迎えさせられた。

加減を自分でしたくてバスタブの縁を掴もうとしたが、ファルラーンに腕を取られ、その
「はあぁあっ……」

久々の嵩《かさ》に目の前が快感でチカチカする。

「ふっ……」

ファルラーンの声が漏れたのを耳にし、彼をもっと感じさせたくて、下半身に力を入れてやる。すると彼の表情が歪《ゆが》んだ。

「くっ……この悪戯猫めが」

「ふふ……油断大敵ですよ」

そう言って、ファルラーンの唇に自分の唇を寄せた。角度が変わって、また新たな快感が直哉の躰に生まれる。

こんな風にまたニューヨークで彼と躰を重ねられることに幸せを覚える。

直哉はファルラーンの胸に凭《もた》れ掛《か》かりながら目を閉じ、自分が不安に思っていたことを、初めて口にする。今なら言えるような気がしたからだ。

「ファルラーン、今だから言いますが、あなたは、僕にセックスの対価を払わないと困るんだろうなぁって、ずっと思っていました。愛人に恋人面《こいびとづら》されたら大変だから――」

「恋人面？　お前にされるなら、私は有頂天《うちょうてん》になるぞ？」

直哉の背中に回った彼の腕に力が入る。愛されていることが伝わってきて、涙が出そうになった。

「……あなたが有頂天になっている姿、見てみたいな。今まで、ずっと僕は不安だったから――」

「不安？　どうしてだ？　私が王弟だからか？」

その問いに直哉は首を横に振った。

「いえ、身分のことは知らなかったのもあって、あまり気にしていなかったのですが、価値観の違いというか……。僕は金銭を必要とせず、あなたのぬくもりと優しさで満足していたのに、あなたは、そうじゃないみたいで、お金や物で対価を支払おうとしていました。もちろん、全部断りましたけど。でもそんなあなたを見ていて、何となくあなたは僕を愛人として扱っているんだなぁって思っていました」

「そんなつもりはなかった」

彼が憮然《ぶぜん》とした様子で答える。

「ええ、今ならわかります」

そう言うと、彼の手がそっと直哉の頬に触れてくる。

「お前が仕事のことに口を出すなと言うから耐えてきたが、お前が喜ぶのは仕事が入った時だったから、それを与えてやれないということは、本音を言うとなかなか辛かったな」

「ファルラーン？」

名前を呼ぶと彼が苦笑した。

「私とて普通の男のように愛する相手の気を引きたかったからな」

「気を引きたいって……」

そんな普通の感情がこの男にあったことに驚く。

「引きたいさ。だが、私は自分が持つ地位や財力に頼らず、己自身だけで、お前の気を引かなければならないという立場に立たされた。私にも、今まで金で人を引き寄せていたという自覚があったからな。なかなかハードルが高かった」

「金で、なんて……、もし何もなくても、あなたはかなり魅力ある男性だと思いますよ」

彼の手のひらに自分の頬を預けながら、声が小さくなってしまったが、本音を口にする。

「僕の心を捉えて離さないほどに――」

きゅっと彼の胸にしがみ付いた。彼の指先が直哉の髪に触れ、そして優しく撫でる。

「フッ……それが本当なら、これほど嬉しいことはないな」

ファルラーンの言葉に直哉は伏せていた視線を彼の顔へ移す。そこには苦笑した、だが幸せそうなファルラーンの笑顔があった。

「ファルラーン……」

「ああ、一つ言わなければならないことがあった。お前の舞台の仕事に、私は口添えをしていないからな」

「え？」

「そんなことをするなら、もっと早くから裏から手を回して、お前にあんな破廉恥《はれんち》なショーの仕事をさせたりはしないさ」

「どうして舞台の話を……」

「お前が気にしていたと聞いたからな」

「……ウォーレンですか？」

この話をしたのはウォーレンしかいないから確定だ。だが、ファルラーンは小さく笑い、彼を庇《かば》った。

「どうだろうな。まあ、そこは追及してやるな。誰が私に伝えたとしても、それはお前を心配してのことだ」

「そうですが……」

でもやはりそんなことで拗《す》ねていたのをファルラーンに知られるのは恥ずかしかった。

「お前が自分の力で勝ち取った役だ。だから堂々と演じてやればいい」

「ファルラーン……」

「私も応援している」

彼の唇が直哉の下唇を甘噛みし、吐息が掛かるほどの近くで囁く。

「正直言うと、お前が他の誰かの目に触れ、邪《よこしま》な感情の対象になると考えると、我慢できないんだがな。だが人前に立つのがお前の仕事だ。そしてお前の仕事を認めるのが、私ができる最大の協力なのだろうな」

「……ありがとう、ファルラーン」

胸が熱くなる。彼の優しさが全身に伝わってきた。こんなに直哉を愛してくれる人間など、もう二度と現れないだろう。

「ただし、プライベートは私のためにすべて空けるのが条件だがな」

「あなたも、ですよ」

直哉はファルラーンのうなじの髪の生え際に指を差し込み、彼を引き寄せた。同時に彼の指が直哉の劣情に絡む。

「あっ……」

直哉の熱が再び快楽を求め、溢れ出した。

「んっ……ふっ……急すぎ……ファ……ラー……ン……っ……」

直哉の屹立が勢いよく勃ち上がり、ファルラーンの引き締まった躰に擦りつけられる。

そのたびに泡まみれの湯がふわふわと揺れた。

「直哉、私はお前のこれを可愛がることで手が塞がっている。悪いが自分で動いてくれないか？」

まったく『悪いが』という顔もせず、直哉の下半身を扱《しご》いてくる。

「んんっ……」

得も言われぬ快感に、喉を仰け反らせて耐えた。

「私に褒美をくれないか？　お前から私を求めてくれ……」

軽く腰を揺さぶられ、珍しく甘えるような顔も見せてくる。ただでさえ彼に触れたくて堪《たま》らないのに、そんな顔をされたら完敗だ。

直哉はファルラーンの肩に手をついて、自分の中にあった彼の屹立をそっと引き抜いた。そしてまたすぐにその腰を下ろし、彼を呑み込んだ。

「っ……はっ……あぁ……」

凄まじい快楽が襲ってくる。ファルラーンに会うまでは、こんな行為に愉悦を覚えることなど一切なかった。すべてがファルラーンに教えられた快感だ。そして彼が相手だからこそ感じられる、幸福に入り混じった優しくも激しい情欲に翻弄《ほんろう》される。

「直哉……最高だ」

熱を孕む双眸に射貫かれた。

「あっ……ファルラーン……っ……あ……」

「愛している、直哉……」

甘く囁く彼の声が好きだ――。

そう思った瞬間、直哉の目の前がスパークする。膿《う》んだ熱が張り詰めた先端から迸《ほとばし》った。

「あぁぁぁぁぁっ……」

風呂を覆う泡とは質感が違う白いものが、ファルラーンの胸元に飛び散るのを目にする。

「あっ……あぁ……」

四肢から力が抜け、そのまま彼の胸へと倒れ込む。

「だめ……だ、もう……動けない……あっ……」

まだファルラーンが達《い》っていないが、これ以上動く体力が直哉にはなかった。慣れない動きで体力を使い果たしたのだ。ファルラーンはそんな直哉の耳朶《じだ》を甘嚙みした。

「仕方ないな、もう少しだけ頑張ってくれ」

直哉の躰がぶるるっと震える。性質《たち》の悪い甘い声で、直哉の官能の火が大きく揺れた途端、ファルラーンに腰を摑まれた。そのまま容赦なく上下に激しく動かされる。

「ああっ……もうっ……あぁぁぁっ……」

自分の中にあるファルラーンを思い切り締め付けてしまった。彼の色香を含んだ吐息が零れる。直哉が二度目の絶頂を迎えたと同時に、中で熱いものが弾《はじ》け飛《と》んだ。ファルラー

ンが達ったのだ。

「んっ……ファル……ラ……ン……あぁ……」

「直哉っ……」

彼の愛に染まる。そしてその愛に包まれ、直哉もまた彼を愛し続ける。その繰り返しで人生を歩んでいくのはとても素敵なことだと思った。

七十六億分の一で二人が出会ったことが運命だというのなら、その運命を信じたい。この世界が楽園であるためには、お互いにお互いが不可欠なのだから――。

「ファルラーン……」

愛しい男の顔を見上げる。何度言っても足りない言葉が、直哉の胸の奥から零れ落ちた。

「――あなたを愛しています」

「私もだ、直哉。情けないが、お前がいないと生きていけないほど、お前を愛している」

「っ……」

躰の奥に受け止める彼の熱に、直哉は幸福を覚え、そっと目を閉じた。そしてまた彼の劣情が膨れ上がるのを感じながら、その躰を任せたのだった。

マンハッタンの夜空には大きな満月がぽっかりと浮かび、愛し合う二人をいつまでも美しく照らしていた――。

◆ Ⅵ ◆

秘めやかな熱が直哉《なおや》の太腿《ふともも》を滑っていく感触に目が覚める。

重い瞼《まぶた》をこじ開けると目の前にはミルクコーヒー色の肌があった。ファルラーンに抱き締められて寝ていたようだ。意識が浮上するにつれ、自分の下肢をさわさわと触る感触がはっきりしてくる。

「え……」

「起きたか?」

瞼の上に軽くキスが落とされる。直哉はベッドの上で、ファルラーンと共に一糸纏《まと》わぬ姿で寝ていた。彼の脚が直哉の脚に絡みつく。

昨夜は屋上庭園のジェットバスで情事に及び、その後、ベッドに戻ってからもまた肌を重ねた。そこで意識を失ったのだが、躰《からだ》が綺麗《きれい》に清められているところから、ファルラーンが後始末までしてくれたことがわかる。

ファルラーンは直哉の躰を決して他人に触れさせないのだ。今にして、王弟という身分の人間に何をさせているんだろうと恥ずかしくなる。

頬を赤らめていると、ふとファルラーンの手があらぬ場所へと伸び始めていることに気付く。直哉は慌てて、彼の手を摑《つか》む。

「痛いな、直哉」

「朝から駄目ですよ」

「まったく手厳しいな。昨夜はあんなに可愛《かわい》く愛を告げてくれたのに」

「う……」

「ああ、それから、もう朝じゃないぞ。十二時を過ぎたところだ」

「え⁉　十二時過ぎ？」

驚きのあまり、起き上がってしまった。

「ああ、何か用事があったのか？」

ファルラーンはまだ呑気《のんき》に寝たまま直哉を見上げてくる。そんな様子もかっこいいのだから、もう何とも言えない。

「あっと……一時半から演技のレッスンが」

その声にファルラーンがちらりとベッドサイドに置いてあった時計を見た。

「まだ時間があるな。サリードに食事の用意を急いでさせよう」

ファルラーンが起き上がり、椅子《いす》に掛けてあったバスローブをさらりと羽織る。バスローブの合わせ目から見える彼の褐色の肌は、昨夜の情事の名残を伝えていた。あの躰に抱かれたと思うと、直哉の全身から羞恥《しゅうち》で熱が噴き出しそうになる。

「あ、いえ。途中で何か食べますから、大丈夫です」

「そうか？　なら引っ越しの荷物は適当に入れておくからな」

「はい？」

何かの聞き違いだろうか。今、引っ越しと聞こえたような気がする。

「お前の荷物が今日の昼過ぎに届く手筈《てはず》になっている」

躰を満たしていた熱が一気に下がる。それどころではないと、頭がフル回転し出した。

「僕の荷物って――――！　な……ファルラーン、あなた、人の荷物を勝手に、何をしているんですかっ⁉」

「ここに引っ越してくるんだろう？」

彼が鷹揚《おうよう》に椅子に座った。長い褐色の脚を優雅に組む。

「な……」

「荷物がなくては不便だ。引っ越しは早いに越したことはない」

彼が椅子の肘《ひじ》掛《か》けに寄り掛かって、人の悪い笑みを浮かべた。

「……あなた、僕の逃げ道を塞《ふさ》ぎましたね」

「当たり前だろう？　私はお前を手放すつもりはないからな。こんなチャンスをみすみす逃すはずがないだろう。お前がまた変な考えを起こさないとは限らないんだからな」

「そんなこと、威張って言わないでください。もう……」

こんなに積極的にファルラーンが攻めてくるとは思っていなかった。そう思うと、今まで彼にしては、かなり時間を掛けて慎重に直哉と付き合っていたことが想像できる。

「引っ越してくるんだろう？」

「う…………………はい」

直哉の返事に、彼が満面の笑みで応《こた》えた。

「では、引っ越しのことは任せておけ。ああ、そうだ。近々、アメリカ国籍を取ろうと思っている」

「え？」

いきなりの宣言に直哉は目を白黒させるが、その反応をファルラーンは気に入ったようで、双眸《そうぼう》を細めて言葉を続けた。

「そうすればお前と結婚できるしな」

昼下がりの寝室に直哉の驚きの声が響き渡ったのは言うまでもない。

人生のロマンスは今、始まったばかり——。

あとがき

こんにちは。または初めまして。ゆりの菜櫻《なお》です。皆様が第一弾、第二弾を読んでくださったお陰で、アラビアン・シリーズ第三弾が出ました。本当にありがとうございます。

一話完結のスピンオフですので、この本だけ読んでもわかるようになっています。

さて、今回は、三十歳を目前にして生き方に迷う直哉《なおや》と、三十歳を超しても尚《なお》、自由を手にできないファルラーン。少し人生に疲れた二人が、ニューヨークの片隅で運命の出会いを果たし、そして惹《ひ》かれ合《あ》う、ラブストーリーになります。

イラストは引き続き兼守美行《かねもりみゆき》先生です。ファルラーンがかっこよくて、変な声が出そうでした。そして担当様、いつも鋭い指摘をありがとうございます。

今回の特典SSですが、初版封入特典には既刊のカップルの様子。書泉様用はファルラーンと母君のほろっとする和解の話。私、ファルラーンの母君、好きなんですよ。コミコミスタジオ様用はコメディ仕様で直哉と同居したボディーガードの災難の話。アニメイト様は二人が初めて出会った夜のファルラーン視点の甘い話。アマゾン様用は、紙書籍のみSSが付き、こちらはDLして入手するタイプで、その後の甘い二人の話です。

皆様に少しでも楽しんでいただけたら嬉しいです。ではまたお会いできますように。

『アラビアン・ロマンス　～摩天楼《まてんろう》の花嫁～』、いかがでしたか？

ゆりの菜櫻《なお》先生、イラストの兼守《かねもり》美行《みゆき》先生への、みなさまのお便りをお待ちしております。

ゆりの菜櫻先生のファンレターのあて先

〒112-8001　東京都文京区音羽2-12-21　講談社　文芸第三出版部「ゆりの菜櫻先生」係

兼守美行先生のファンレターのあて先

〒112-8001　東京都文京区音羽2-12-21　講談社　文芸第三出版部「兼守美行先生」係

N.D.C.913　220p　15cm

ゆりの菜櫻（ゆりの・なお）

２月２日生まれ、O型。

相変わらず醤油味命派です。

おやつは、醤油味のゴマ入りせんべいが一番好きです。

日本の醤油がないと生きていけない。

Webサイト、ツイッターやっています。よろしければ「ゆりの菜櫻」で検索してみてください。

講談社X文庫

white heart

アラビアン・ロマンス　～摩天楼《まてんろう》の花嫁《はなよめ》～

ゆりの菜櫻《なお》

●

2019年10月３日　第１刷発行

定価はカバーに表示してあります。

発行者――渡瀬昌彦
発行所――株式会社 講談社
東京都文京区音羽2-12-21 〒112-8001
電話 編集 03-5395-3507
販売 03-5395-5817
業務 03-5395-3615
本文印刷－豊国印刷株式会社
製本――株式会社国宝社
カバー印刷－半七写真印刷工業株式会社
本文データ制作－講談社デジタル製作
デザイン－山口　馨

ISBN978-4-06-517147-9

熱砂の離宮で
熱く抱かれて
砂漠の熱愛
“アラビアン”
シリーズ
第2弾！
アラビアン・ウェディング
Arabian wedding
～灼《しゃく》鷹《よう》王《おう》の花嫁～
ゆりの菜櫻
Nao Yurino
イラスト 兼守美行
Miyuki Kanemori
王女は、本当は男——その真実を隠し、デルアン王国に嫁ぐことになった晴希《はるき》。婚姻の相手は、魅惑の美貌《びぼう》を持つ王子アルディーン。実は親友同士の二人は、国交のため偽装結婚することになったのだ。しかし、豪華な結婚式の後に待っていたのは、熱く激しい初夜だった！ その後も毎晩、蕩《とろ》けるほど甘く淫《みだ》らに愛される新婚の日々。次第に彼への愛が募っていく晴希だが、自分は妃《きさき》にふさわしくないと身を引こうとして!?
好評
発売中！
電子書籍版も配信中